ストーリーで楽しむ
日本の古典

永遠の旅人・芭蕉の隠密ひみつ旅

おくのほそ道《みち》

那須田　淳　著
十々夜　絵

岩崎書店

もくじ

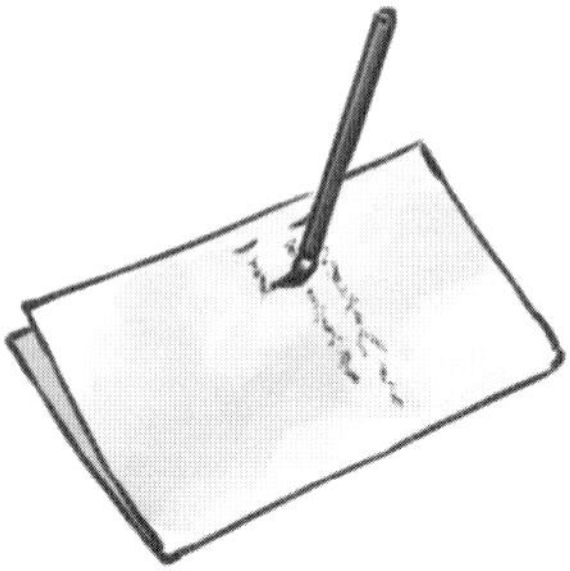

おくのほそ道 芭蕉の行程図

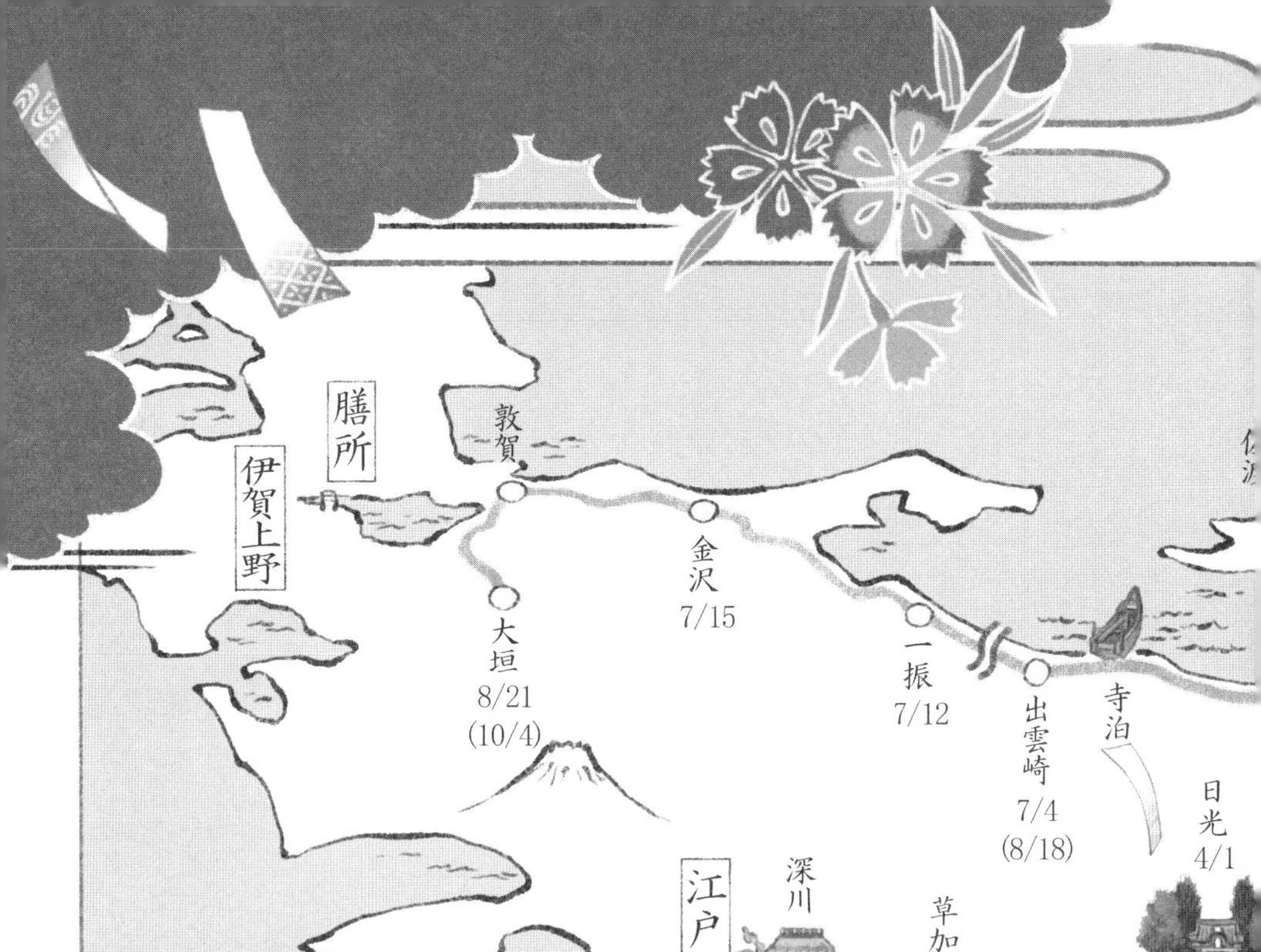

地名のあとの日付は芭蕉が訪れた日です。旧暦で表記しています。
（　）の日付は、現在使われている新暦の日付になります。
この本で主に舞台となる地名をのせているので、省略している
ところもあります。

はじまり　芭《ば》蕉《しょう》庵《あん》（江戸・深川）

古池や
蛙《かわず》とびこむ
水の音

「おーい、そこのお人、そんなところからのぞいてないで、用があればおりておいで」

ふいに声をかけられ、天井のはりの上に、はいつくばっていたわたしは、ぎくっとした。

いつから芭蕉は気がついていたのだろう。

芭蕉は、わたしと同じ伊《い》賀《が》上《うえ》野《の》の出身で、豪《ごう》士《し》の出だ。つまりは伊賀忍《にん》者《じゃ》の血をひいている。

ただ、城《じょう》代《だい》さまからも、芭蕉が忍者ではなく、ただの俳《はい》諧《かい》師《し》としかきいていなかったので、心のどこかであなどっていたのかもしれない。

まあ、ばれたらしかたがないか……。ネズミのまねをしても、笑われるのがオチだ。

一回転しながら、下におりると、利休帽《りきゅうぼう》をかぶった芭蕉《ばしょう》がのんびりと茶を飲んでいた。

わりと端整《たんせい》な顔立ちをしていて、年のころはまだ四十半《なかば》の、しぶい感じのおじさまだ。

若いころはきっと女の人たちにモテただろう。

このごろ病に伏《ふ》せりがちだったときいていたが、そのせいか年よりは少しふけて見えた。

「国元からまいりました。嵐子《らんこ》です」

わたしは口もとまでを隠《かく》していたずきんをとって、あいさつをした。

「ほお、これはめずらしいお客さまだ。今どき、くノ一とはね」

芭蕉は、全身、黒ずくめのわたしを見て、少しばかり驚《おどろ》いたように目を見張り、すぐにいたずらっ子のように、くすっと笑った。

くノ一とは、女の忍者《にんじゃ》のことである。

女という文字を「く」「ノ」「一」と三文字に解体しただけの呼び方だけど、きらいじゃない。

でも、しかもわたしはまだ十三歳。小娘《こむすめ》というだけで鼻からばかにしてかかる人も多いので、立場の違《ちが》いをわからせてやろうと、わたしは上座に立った。

「上意、ご城代《じょうだい》の藤堂良長《よしなが》さまからのご命令です」

伊賀上野《いがうえの》城の城代さまからじきじきに預かってきた手紙を、ぐいっとつきだす。

芭蕉《ばしょう》はあわてすわりなおし、頭をひょいとさげた。

けれどもおそれいった様子はぜんぜんない。

「ほお、探丸《たんまる》さまがなんといってきたのかな」

探丸とは、ご城代《じょうだい》、藤堂良長《よしなが》さまの俳号《はいごう》だった。五七五の文字を並《なら》べてうたう俳句《はいく》などをやる人が句会や俳諧《はいかい》連歌の会で名乗る名前だ。

俳諧の世界では、身分の上下も関係なくつきあうことができるため、このところ日本中で大流行なのだ。

芭蕉は、その中でも彗星《すいせい》のごとくあらわれた人気の俳諧師だった。

江戸や京だけでなく、すでに日本中に知られた存在らしい。

郷里の伊賀《いが》でも、もちろん名士として尊敬《そんけい》されている。

芭蕉の弟子には、大名の重臣や大商人、僧侶《そうりょ》や何かの職人とさまざま。たしかにご城代の良長さまも、芭蕉の弟子のひとりときいたことがある。

弟子からの手紙となれば、おそれおののかないのも無理はないか……。

ちょっと拍子《ひょうし》抜《ぬ》けしながら、わたしはその場にすわった。

ふいによいにおいがして、おなかがなった。みればいろりに鍋《なべ》がかかっている。さっきまでいた杉風《さんぷう》とかいう弟子のひとりと、芭蕉《ばしょう》は鍋《なべ》をつっいていたのである。

杉風は、幕府御用の魚問屋「鯉屋《こいや》」の主人で、この庵《いおり》のもとの持ち主だ。

これから旅に出るという芭蕉が、この庵を引き払いたいといいだしたので、つぎの借り主を見つけてきたとかないとか、鍋をかこみながら、そんな話をずっとしていたのだ。

なに鍋だったんだろうとわたしが中をのぞいていると、

「深川鍋だよ。その汁《しる》をめしにぶっかけたのを深川どんぶりという。うまいぞ」

芭蕉は、城代《じょうだい》さまからの手紙に目を落としたままいった。こちらを見ていないようで、なかなか油断がならない。

「いえ……。べつにおなかなどすいていません」

わたしはことわろうとしたが、そのときまたおなかがくうっとなった。

「無理は禁物。椀《わん》はあそこ」

芭蕉が、あごを台所の水屋箪笥《たんす》のほうにしゃくってみせるので、わたしは遠慮《えんりょ》せずにいただくことにした。じつは、朝、この芭蕉の住む庵の天井にもぐりこんでから、なにも食べていなかったのだ。

ご城代さまからは、芭蕉なら信頼《しんらい》できるときいていたけれど、ほかに人がいたら話しかけるなとも命じられていた。

ところがこんな町外れの古びた庵《いおり》というのに、朝からお客ばかり。それもほとんどは俳諧《はいかい》のお弟子さんで、句の添削《てんさく》をしてもらうのが目的だった。さすがに人気俳諧師である。

来客は、添削してもらうたびに謝礼を置き、杉風《さんぷう》のように、なにかしら土産物《みやげもの》も持ってくる。それで台所には大根だの、サトイモだのの野菜や、卵などがたくさん並《なら》んでいた。

それにしても、こんな片田舎に、人気稼業《かぎょう》の俳諧師が、なぜ住んでいるのかはよくわからない。弟子たちにとっても不便だろうに。

すぐ裏《うら》には、かつては生簀《いけす》だったという古い池があり、あたりは一面の田んぼ。町からもわりと遠い。梅雨どきにでもなれば、カエルしか鳴かないような江戸のはずれだ。夜にはまっくらになってしまうだろう。

古池や
蛙《かわず》とびこむ
水の音

城代《じょうだい》さまから、芭蕉《ばしょう》のこんな句をおしえてもらったことがある。

俳句《はいく》のことはよくわからないけれど、この句の短い言葉の中に、しんとした静けさだけでなく、読む人のどこかさびしい心がつたわってくるようで、嫌《きら》いではなかった。

お茶の世界で、「わび」とか「さび」といったことを尊《とうと》ぶようだけれど、それにどこか通じるものがあるのかも。

そんなことを思いながら、わたしはいろりにまきをたし、鍋《なべ》をかきまぜた。すぐに湯気がたちのぼって、味噌《みそ》の香りがたちのぼってきた。

「これはアサリですね？」

そういえば、このあたりの名物のアサリとネギに油揚《あぶらあ》げをどっさりいれて、味噌仕立てにしたものを深川鍋というと、きいたことがある。

「なるほどこれを白いごはんにかけるのか……」

わたしは、おわんにごはんをよそって、鍋から湯気の立つアサリ汁《じる》をかけてみた。

ふうふういいながら、かきこむ。

「う、うまぁ……」

思わず声を上げそうになって、芭蕉がこちらを面白そうな顔で見ているのに気がつき、赤面し

てはしをおこうとする。

「そのまま、そのまま。深川どんぶりはそうやってくうのが一番だよ、嵐子《らんこ》さま」

「ふぁい」

わたしはのどにつかえそうになるのをこらえて、返事をした。

「蝉吟《せんぎん》さまも、こういう、しもじもの食べ物はお好きでしたがね、あれこれつくってさしあげるたびに、よろこばれたものだ」

「芭蕉《ばしょう》どのが、つくってさしあげたの？」

「ふふ、わたしは蝉吟さまの家人とはいえ、仕事は料理人でしたからね」

「それは知らなかった……」

芭蕉は、子どものころから、蝉吟こと、良忠《よしただ》さまに仕え、北村季吟《きぎん》のもとで俳諧《はいかい》を詠《よ》んでいたこの若さまの影響《えいきょう》で、句を始めたのだそうだ。

蝉吟さまと、芭蕉は歳も近く、身分の差を超《こ》えて、かなり親しくしていたらしい。

ところがその蝉吟さまが、家をつぐことなく若くして亡《な》くなってしまったのだ。

その後、芭蕉は、しばらくは国元から、季吟のもとに通って、俳句や連歌を学んだあと、俳諧師として身を立てようと、江戸に出た。

一六七四年のことで、いまより十五年ほど前になる。

そのあと、芭蕉《ばしょう》は、弟子の一人で名主の小沢太郎兵衛の手伝いをしたり、水道工事の監督《かんとく》をしたりしながら、まもなく俳句《はいく》の世界で頭角を現し、数年のうちに、江戸で一、二を争う人気俳諧《はいかい》師《し》となっていたのである。

「それで、いったい国元に何事がおきたのですか?」

芭蕉は、三杯目のごはんをよそおうとしていたわたしにきいた。

「探丸《たんまる》さまは、この文で、伊賀上野《いがうえの》に一大事がおきた。くわしいことは、嵐子《らんこ》さまにきけとおっしゃっているが……」

「はい、じつは……」

わたしは、あわててお椀《わん》を板の間におき、居住まいを正すと、いそいで本題に入った。

「いま、お国は、お家断絶の危機をむかえているのです」

「なんと……」

ことのおこりは、よそへの年貢《ねんぐ》米の貸し付けだった。

伊賀上野城下は、数年つづいた飢饉《ききん》などで、家臣や町人たち、領内の百姓たちは苦しんでいた。

そこで貧《まず》しい城下を救おうと、城主や城代《じょうだい》たち城の重職や領内の豪商《ごうしょう》、名主たちが、あれこれなやんでいたとき、だれかが声を上げた。

「江戸で銅銭を新しくつくるそうです。今のうちに銅を手にいれれば、高く売れるのでは？」

「ほお、それはまことか？」

集まっていた人々はうなずきあった。

伊賀上野《いがうえの》はもともと銅で栄えた土地だが、いまは、銅はとれない。けれども銅のことにはくわしいものも多かった。

それで調べてみると、備中石塔山《びっちゅうせきとうさん》で、銅山がみつかったらしいと知り、それなら投資をして、ひともうけしようと、年貢米《ねんぐまい》を藩《はん》にだまってこっそり貸し付けることにしたのだ。

ところが、この銅山の貸し付けは大失敗。もうけどころか大損をしてしまった。

本家の津藩から領地を預かる伊賀上野城としては、申し開きができない。

領内の年貢は、本家の藩のものだ。ときがくれば差し出さなければいけないが、蔵《くら》はからっぽ。しかも、役人たちの中には、町人たちから袖《そで》の下、つまりわいろをもらっていたものたちもいたから、たいへんなことに。

それで困《こま》ったお城の重臣たちは、年貢米の貸付の失態を、不正を働いていた奉行《ぶぎょう》や役人たち、名主や町人たちの一部に全部おしつけ、処刑《しょけい》してしまったのだ。

「その話は、きいたことがあるが……あれはもう十年近く前のことではなかったかね」

「ところが、最近になって、あの年貢米《ねんぐ》の投資は、ときの城主さまや、先代のご城代《じょうだい》の良精《よしきよ》さまの指図で行ったという証拠《しょうこ》の文書が出てきてしまったのです。ただ花押《かおう》（サイン）を押しただけだと思われますが……」

「それはまずいな」

先代のご城代の良精は、芭蕉《ばしょう》がつかえていた蝉吟《せんぎん》の父で、いわば大恩人《だいおんじん》ともいえるお方だ。

「ええ、とっても。しかも、それを持ち出し、藩《はん》から逃《に》げ出したものがいるのです」

わたしはさらに声をひそめた。

当時の事件で、責任を取らされたもののうち、奉行《ぶぎょう》の下役のひとりに、取調中に牢死《ろうし》してしまった西村右近《うこん》というものがいた。

その右近の子で、家をつぶされたため浪人《ろうにん》となった源三郎が、その文書をどこかで見つけたらしい。

源三郎は、剣の達人だった。何年か前に、国元の道場で、子どもたちに剣をおしえているのを見たことがある。キツネのようなするどい目つきをしたやせぎすの若い男で、からだぜんたいが刃物のような殺気をおびていて、近寄っただけで、切られるんじゃないかって怖《こわ》い感じがしたのをおぼえている。

その源三郎からすれば、年貢《ねんぐ》の横流しという城下全体でおこした不正の責任を、すべて自分の父を含《ふく》めて数人におっかぶせられてしまったことをひどく恨《うら》んでいた。

おかげで家はつぶれ、自分も浪人《ろうにん》になってしまったからなおさらだろう。

その文書が、表沙汰《おもてざた》になり、江戸の幕府の手に渡れば、伊賀上野《いがうえの》城は、お取りつぶしになるかもしれない。

今の将軍の綱吉《つなよし》さまは、徳を重んじ、生類憐《しょうるいあわ》れみの令をはじめ、なにかと不正をきびしく取りしまるように通達を出したばかりだ。

「それはたいへん……。しかし、探丸《たんまる》さまは、このわたしにどうせよと」

「芭蕉《ばしょう》どのは、もうすぐ東のみちのくのほうへ旅立たれるのでしょう?」

芭蕉は、この数年、よく旅に出ていた。地方を歩き、そこで弟子たちと会ったりして、俳句《はいく》の指導をしながら、いにしえの歌人たちの足跡《そくせき》などをたずねているらしい。

こんどの旅は、日光や仙台、さらには日本海のあたりをめぐる予定のようだ。

芭蕉は、もともと西行法師という遠い昔、平安の平清盛や源頼朝たちの時代に生きた歌人に憧《あこが》れていて、その人が歩いた道をたずねてみたいと思っていたという。

「じつはさきほどの西村源三郎も、どうやら仙台の伊達藩《だてはん》にむかうらしいのです」

手下からの情報では、近江《おうみ》の親類をたずね、そのあと東海道を下っているという。琵琶湖《びわこ》に近い膳所《ぜぜ》藩で、源三郎の縁者が剣術の道場を開いていて路銀を工面したらしい。

「ほお、膳所に？　あそこには菅沼曲水《すがぬまきょくすい》というわたしの弟子がいて、藩の重職についているのだよ……」

芭蕉《ばしょう》の弟子たちは日本中にちらばっているようだ。

その多くは参勤交代とか江戸詰時代に弟子入りし、その後に地元にもどって、句の指導をしているそうで、孫弟子まで数えると、芭蕉を師と仰《あお》ぐ人はものすごく多い。

「それにしてもどうして仙台に？」

「あそこも今、もめているからです」

伊達藩も、藩のなかでごたごたがつづいて、いつ幕府につぶされるかわからないといううわさだ。

この文書がそんな伊達藩などに渡って、自分たちよりも、もっとたちの悪い藩が他にもあるではないかなどと、訴えられたら、下手《へた》をすれば、伊賀上野《いがうえの》城のお取りつぶしどころか、連帯責任で、藤堂藩そのものも危なくなる。

西村源三郎は、あれこれ考え、伊賀上野城《いがうえの》にとっていちばんいやな方法を考え出したということだろう。

「それで、わたしがなにをすれば？」

「この嵐子《らんこ》を旅につれていってください」

旅の途中《とちゅう》で、源三郎を見つけて、文書を奪《うば》うのが、わたしに与えられた任務だった。

けれども女の一人旅は、いろいろとむずかしい。入鉄砲に出女といって、江戸から出る女の取り締《し》まりは最近、とくにきびしい。

仮にも忍者《にんじゃ》のはしくれだから、夜陰《やいん》に乗じて、街道を走ることはできるが、他所の藩《はん》での人捜《さが》しとなるとそうもいかない。その点、有名な俳諧師《はいかいし》、芭蕉《ばしょう》の旅のおともをしているということなら、よい隠《かく》れ蓑《みの》になるだろう。

「それに、芭蕉どのは、わたしをつれていかなければならないべつの理由もあるのですよ」

「はて？」

「西村源三郎は、桃印《とういん》どののご友人で、ふたりは一緒《いっしょ》にいるとのうわさがあるのです」

「な、なんと桃印が……」

芭蕉は、はっとした顔をした。

桃印《とういん》は、芭蕉《ばしょう》の甥《おい》で、少年のころに江戸につれてきて、面倒を見ていたのである。ところが、その桃印は数年前から行方知れず。ほんとうは家出らしい。

藤堂家のきまりとして、他国に出たものも、五年に一度は藩《はん》にもどってきて近況を報告しなければならない。でも、桃印は前回、それを守っていなかった。だれかがきまりを破れば、連帯責任で一族みなが罰《ばっ》せられる。

親代わりの芭蕉は、つぎの帰国予定日までに、なんとしても桃印を見つけださなければならなかった。それが来年に迫《せま》っていた。

芭蕉は、ふうと深く息をはいた。

「今回のことに、まさか桃印がからんでいるとは……」

「だから、お願いします！」

わたしが、ここはもう一押しと、両手をあわせておがんだときだった。

「お師匠《ししょう》さま、おりますかあ」

表で大声がして、

ガラガラガラ、

と、戸がいきおいよくあいたかと思うと、はげ頭の大きな男がかけこんできた。

「たいへんたいへん、一大事ですぞお〜」

「曽良《そら》か、いったいどうした？」

芭蕉《ばしょう》が声をかける。

この男も芭蕉の弟子らしい。

「おっ、こちらもかわいらしい娘《むすめ》ごとはね。じつはあっしにもつれがございましてな。ちょいと、いいですか」

曽良と呼ばれた男は、芭蕉の返事もきかずに、うしろに声をかける。

「ささ、姫《ひめ》さま、まことにこぎたない庵《いおり》ですが、ひなびた茶室と思って、ずっずいーと中までお入りなさい」

「では、ごめんくださいまし」

と、入ってきたのは武家の娘だった。

きらびやかな衣装《いしょう》をまとい、髪《かみ》にも高価そうなかんざしがゆれている。

ふっくらしたほおに、つややかな黒髪、くろめがちなくりっとした瞳《ひとみ》。あまりの美少女ぶりに、これは、天女かかぐや姫だ……とわたしは思わずぽかんと見とれていたのだろう。

「こちらは、伊達《だて》の綺羅《きら》姫さまです」

先代藩主《はんしゅ》で、いまは品川に隠居《いんきょ》している綱宗《つなむね》さまの娘《むすめ》だという。

ほんものの姫《ひめ》だわ。

わたしが思わず頭をさげると、すぐ真上で、

「あら、つぶれた馬小屋みたいね。きたない家」

と、いきなり失礼なことをいう。

おどろいて顔をあげると、綺羅《きら》姫は小さく舌打ちをした。

「そこのお女中、ぽけっとしてないでお茶でもいれて！　品川から籠《かご》でゆられてきたから、もう喉《のど》がからからなのよ」

綺羅姫は、顔ににあわず、かなりのいばりんぼうのようだ。

わたしは仕方なく、立ちあがり土間に立ってみたものの、はじめての台所である。

どこに薪《まき》があるかもわからない。

まごまごしていると、綺羅姫がさけんだ。

「すっごいのろま。伊達《だて》のお屋敷《やしき》ならすぐにくびよ」

くそっ、わたしだってこれでも姫なんだけど、と、いいたかったけれど、伊達藩と、藤堂藩の小城の城主では家格がちがうし、しかも今は身分を隠《かく》している立場でもあった。

「す、すみません」

とりあえず頭を下げて、薬缶《やかん》に水を入れる。

すると、曽良《そら》と呼ばれた坊主頭が、おりてきた。

年のころは、たぶん芭蕉《ばしょう》とかわらないが、日にやけているせいかどこか若々しい。

腰《こし》に脇差《わきざ》しをさしているところをみると、これでも侍《さむらい》のはしくれなのだろう。浪人《ろうにん》もののようだが、坊主頭がどこかちぐはぐだった。

「火おこしは、この河合《かわい》曽良がやりましょう。ところで、あなたは？」

「はい、伊賀《いが》からまいりました」

曽良はそれだけでなにかを悟《さと》ったのか、小さくうなずき、あごの無精ひげをこすると、芭蕉のほうをむいた。

「じつはね、お師匠《ししょう》さま、水戸《みと》の藩邸《はんてい》に旅立ちまえのご挨拶《あいさつ》にうかがったら、ご老公さまに伊達《だて》の大殿が、ご用があるようだから、寄ってくれってたのまれちまったんですよ」

水戸のご老公って、天下の副将軍の黄門さまのことね。

そんな偉《えら》い人のもとに気楽に出入りしているこの曽良って……いったい何者？

わたしがびっくりした顔をしているのに気づいて、曽良が笑い出した。

「水戸《みと》のご老公とは、もとは、お師匠《ししょう》が江戸についたばかりのころ、神田の用水路の工事の監督《かんとく》をしたときからの縁ですよ。それに水戸藩《はん》には、お師匠の先生の北村季吟《きぎん》さまが出入りしていたこともあってね」

それで、芭蕉《ばしょう》は、水戸のご老公と知り合い、句のやりとりを通じて仲良くなったらしい。

「でもって、ご老公にいわれて、伊達《だて》の下屋敷《しもやしき》をおとずれたところ……」

曽良《そら》をおしのけるように綺羅姫《きらひめ》がいった。

「わたしが説明するわ。お国元のほうに、藩主《はんしゅ》でわたしの兄でもある綱村《つなむら》がもどっているのですが……。恥《はじ》をさらしてばらしてしまうけど、じつは伊達藩はいま、お家の一大事なんですの」

お家騒動《そうどう》って……。ここでもかあ。

江戸幕府も創設されて百年近く。そろそろ各藩も平穏《へいおん》になれて、風紀も緩《ゆる》んできているのかもしれない。

それを憂《うれ》えた第五代将軍の綱吉《つなよし》さまが取り締《し》まりを強化するといい出して、どこもあわてているようだ。

綺羅姫の話では、伊達藩の国元の場合は、重臣たちが派閥《はばつ》争いをして、藩はぎくしゃくしているのだという。

そこへ将軍の綱吉《つなよし》さまが、日光東照宮の大修理を伊達藩《だてはん》にさせようと考えているらしいといううわさが飛びこんできた。

「伊達藩は、この数十年、前の藩主《はんしゅ》が、目も当てられないような浪費《ろうひ》をして、大変だったの。その上、飢饉《ききん》と今のお家騒動《そうどう》とで、財政がひどく悪くなってしまっていて、とても東照宮さまの修繕《しゅうぜん》など引き受けられる状態ではないのよ」

浪費をしたっていう前の藩主って、つまりご自分のおとうさまのことでしょ……。平気で、自分の父親をくさす、姫《ひめ》さまをあらためて見た。

こう見えて、じつはなかなかしっかりものの姫なのかもしれない。

東照宮の大修理をすべて担当するとなると、それこそ藩の財政が傾《かたむ》くぐらいの莫大《ばくだい》な費用がかかる。幕府は、そうやって大きな藩に、お金を使わせ、軍事力をそいでしまおうというねらいもあるようだ。

でも、財政難《ざいせいなん》にあえいでる藩にしてみれば、たまったものではない。

「国元の重臣たちの中には、ない袖《そで》は振《ふ》れない、ことわれと鼻息荒《あら》くいっているものもいるようです」

伊達藩は、東国のかなめの大藩《たいはん》だ。

しかも、幕府にとっては、いわばかつては敵であった外様の雄藩《ゆうはん》である。

伊達《だて》藩の重臣たちは、いくら幕府でも、自分たちと戦はさけたいはずと、思っているらしい。

じっとだまって話をきいていた芭蕉《ばしょう》が、顔をあげた。

「今の将軍さまは、まがったことがとくにお嫌《きら》いなお方。そんなことをすれば、伊達藩と戦をすることもいとわないだろうな」

「父もまったく同じ考えです。でも、国元にそのことを文で知らせても、藩主《はんしゅ》の兄にはまず届《とど》かないでしょう」

重臣たちがにぎりつぶしてしまう可能性が高いという。

「この国には、まだ幕府に反旗をひるがえそうとするやつらがいて、うまいことをいって、うちの藩の重臣たちをそそのかしているみたいで……」

幕府と戦おうとする者なんて、まだいるのか？　それも驚《おどろ》きだった。

「なるほど、それで、わたしに藩主の綱村《つなむら》さまへ文をお届《とど》けしろと……」

芭蕉がいうと、

「そのとおり。ただし届けてもらうのは文ではなく、このわたしです」

と、綺羅姫《きらひめ》はてへっと笑った。

それだけであたりを明るくしてしまうほどの、最強の笑顔だ。

「それにどうやら、江戸幕府は、近々、国元に諸国巡見使《しょこくじゅんけんし》をおくりこむようです。それも隠密《おんみつ》の……。父上の腹心の部下の玄蕃《げんば》がいっておりました」

玄蕃とは、綺羅姫《きらひめ》つきの若頭で、高林玄蕃。大殿の信任も厚い男だという。

「隠密の諸国巡見使?」

わたしがききかえすと、となりで、お茶を配っていた曽良《そら》がはげしくせきこんだ。

「あなた、大丈夫《だいじょうぶ》?」

綺羅姫にお茶をすすめられて、曽良は頭をがりがりかいた。

「ごほごほ、こりゃ失敬。それにしても、幕府の隠密とは……」

たしかにやっかいだった。

巡見使は、大名や旗本の監視《かんし》と情勢調査をする幕府の役人だが、公式に使節団を組んで巡回するだけでなく、忍者《にんじゃ》のように隠密に調査をする者たちもいた。

もちろん公式にたずねてくる使節団よりも、隠《かく》れて調べる隠密のほうがはるかに怖《こわ》い。

わたしはぞっとした。西村源三郎を見つけるだけでなく、幕府の隠密とも戦わなくてはならなくなるのかもしれないのだ。

「じつは、この嵐子《らんこ》さまも、お家のことがあって、それで今回の旅に同行したいと……」

芭蕉《ばしょう》がわたしを見た。

「嵐子……さま？」

綺羅姫《きらひめ》がこちらをむいた。

芭蕉がわたしの身分をあかすと、やっと、こっちに興味がわいたみたいだった。

「へえ〜。ほんものの忍者《にんじゃ》って、はじめて見た」

そっちか……。わたしが、伊賀上野《いがうえの》城の城主一族の姫であることは、どうでもよいらしい。

伊達《だて》六十二万石という日本でも指おりの大藩《たいはん》の姫からすれば、たかだか七千石の城主家の、さらに分家の身にすぎないわたしなど、自分の侍女以下と思ってるのかもしれない。

「ちょっとさわってみてもいい？」

「はっ？」

「ふうん、ふつうの足ね。あなたも水の上歩いたり、葉っぱや猫《ねこ》に変身したりできるの？」

「水の上は道具があれば歩けますが……。でも、葉っぱや猫になんてなれません」

ついでにいうと、手裏剣も下手《へた》。刀も苦手。とくいなのは投げなわと、綱渡《つなわた》り、それから隠《かく》れ蓑《みの》ぐらい……。まあ、でもこれはわざわざ口外することでもないだろう。

「なあんだ。それにしても姫《ひめ》さままで忍者《にんじゃ》ってすごい。伊賀《いが》の人って、みんなそうなの？」

「そんなわけないです。ただ、うちはもともと忍者の家系で、それがたまたま出世して城主になっただけのこと」

「ふうん。それでそちらの騒動《そうどう》って？」

伊達藩《だてはん》のことをきいた以上は、わたしも黙《だま》っているわけにはいかなかった。そこで、わたしが仕方なく事情をかいつまんで説明する。

曽良《そら》が「うーむ」とうめいた。けれども、綺羅《きら》姫は鼻で笑った。

「そんな文書など伊達藩に持ちこまれても、わたしがにぎりつぶしてあげるわよ。ただ、わたしよりさきに、国元の重臣がその文書を手に入れてしまったときはわからないけどね」

「はい」

「でも、芭蕉《ばしょう》たちの旅に、女の子のわたしがひとりついて行くのはどうかしらと思ったけれど、ちょうどよかったわ」

綺羅姫はふふと笑った。

「わたしは、伊達の米問屋の青葉屋の娘《むすめ》っていうことで、手形は用意してあるから、あんたはその下女ということにしてあげるわ」

「下女……」

「たよりないわね。あんたからだは小さいけど、荷物ぐらいは持てるでしょう」

「えっ？」

ってことは……こんどの旅に、この綺羅姫《きらひめ》も一緒《いっしょ》っていうこと？

で、わたしがこいつの下女としてこきつかわれるわけ？

なんだか大変な旅になりそうだった。

そのとき曽良《そら》が、手をたたいた。

「では、きまりですな。お師匠《ししょう》、こんどの旅はなんだか退屈《たいくつ》しなさそうですね。それに水戸《みと》さまからも、伊達《だて》さまからも餞別《せんべつ》はたっぷりいただきましたから。旅の路銀のほうも、心配いりませんって」

「なるほど、にぎやかそうだな」

芭蕉《ばしょう》は、旅先でのことを思ってか、小さく苦笑を浮かべていた。

1　旅立ち（千住《せんじゅ》～草加《そうか》）

行く春や
鳥啼《なき》魚の
目は泪《なみだ》

「おそいなあ、ふたりとも。もう昼前だよ」

と、口をとがらせたのは綺羅姫《きらひめ》だ。

わたしと綺羅姫は千住《せんじゅ》大橋のたもとの茶屋で、隅田川《すみだがわ》のほとりのほうをながめては、芭蕉《ばしょう》と曽《そ》良《ら》がやってくるのを待っていた。

姫とわたしは、今朝の陽がのぼらないうちに、日本橋から船でやってきた。芭蕉たちもそうするといっていたのに、きっと弟子たちとのお別れ会で飲み過ぎたにちがいなかった。

「今ごろ、しばしの別れだとかいって、みんなで句を熱く詠《よ》みあってるんだよ、きっと」

「え〜。句を詠《よ》むのは、旅に出てからにしてもらいたいです」

「だよね」

綺羅姫《きらひめ》がうなずいた。

「あ、そうそう、こんどの芭蕉《ばしょう》の旅って、遠い昔に生きた放浪《ほうろう》の歌人、西行法師の足跡《そくせき》をたどるっていってたわよね」

願わくは、花の下にて　春死なん
その如月《きさらぎ》の　望月《もちづき》のころ

西行法師は、こんな短歌を残した人で、若いころに武士をやめ、出家して、あとは生涯《しょうがい》を旅して過ごしたというのは、旅の準備をしているときに曽良《そら》からおしえてもらった。

漂白《ひょうはく》の歌人ともいわれる西行へ憧《あこが》れ、彼の足跡を一度、たずねてみたい。さらには古人が歌に詠んだ名所を、せめて死ぬ前に自分の目でたしかめ、味わってみたい……。

それこそが、芭蕉の強い思いなのだそうだ。

月日は百代の過客にして、
行《いき》かふ年も又旅人也。

「月日というのは、それじたいが永遠に旅をつづける旅人のようなものだ。行く年、来る年もまた同じように旅人である」

船乗りや、馬びきのように、仕事で旅をすみかにしているものもいるが、古人の中には旅先で倒《たお》れたものもいる。わたしもいつのころからか、ちぎれ雲が風に身をまかせ漂《ただよ》っているのを見ると、漂泊《ひょうはく》の思いを止めることができなくなってしまった。

この数年、病気がちだった芭蕉《ばしょう》は、そんなことを思い、旅立つ決心をしたという。

「その西行法師ってなかなかの美男子だったらしいよ。それに武士をやめて、お坊さまになったのって、お姫《ひめ》さまとの失恋が原因なんだって。どきどきするよね」

綺羅《きら》姫が、小さくためいきをついた。伊達藩《だてはん》の姫ながら、商人の娘《むすめ》に扮《ふん》して裾《すそ》をまくり、脚絆《きゃはん》をつけ、手に手甲という、町娘《まちむすめ》の旅姿《たびすがた》ながら、その美貌《びぼう》までは隠《かく》せない。

赤い大きな番傘《ばんがさ》の下で、茶店の外の縁台に座っている姿は、それこそ一枚の絵のように美しい。

街道を行き交う旅人たちが、茶店のほうをふりむいては立ち止まったり、なにかしらささやきあったりしている。

目立ちすぎ……。お忍《しの》びの旅だっていうのに……。

ほっぺたに泥《どろ》でもぬって、もっと顔をどうにかしろといいたいところだが、この姫《ひめ》は、そこまでは絶対にしなさそうだった。

綺羅《きら》姫はゆっくりお茶を含《ふく》んで、「まずっ」と文句をたれると、

「わたし、来年にはお嫁《よめ》にいくんだよね。でも、お相手とは、祝言までは顔合わせもなし。嵐子《らんこ》、あんたもそれなりの身分なんだから、わかるでしょ、このいやな感じ」

「綺羅さまは、もうお嫁にいくの？」

「うん。だってわたしも来年には十四歳よ。いき遅《おく》れになったらどうすんの？」

武家も身分が高いほど、結婚《けっこん》の時期は早かった。

つまりは、綺羅姫と同じ歳のわたしも、もう適齢期ということになる。でも、わたしのところには縁談なんて、持ちこまれたことは、これまで一度もなかった。

顔立ちはそこそこと思っているのに、やっぱ忍者《にんじゃ》とかやっているからかなあ。

そういえば姉たちは、わたしの年ごろには、花嫁修業をさせられ、数年で嫁《とつ》いでいったが、三女のわたしはそんな浮いた話もない。

お琴《こと》より、手裏剣の稽古《けいこ》ばかりである。

もっとも伊賀忍者《いがにんじゃ》の総帥服部半蔵《そうすいはっとりはんぞう》とも縁のあるご先祖さまたちのように、忍者になりたいといったのは、わたしのほうだ。親から無理に押しつけられたわけじゃない。

蜘蛛《くも》のように、天井にはりついているのが得意というような娘《むすめ》だと、みんなに敬遠《けいえん》されてしまうのだろうか……。忍者がかっこいいと思って志願したけれど、失敗だったかも。そんなことを考えながら、綺羅姫《きらひめ》にきいてみた。

「それで、綺羅さまのお相手はどんなお方なんですか？」

「うちより石高はう〜んとさがるけど、膳所藩《ぜぜはん》七万石の本多《ほんだ》家のあとつぎの若さまなんだって。まあ、わたしも側室の娘だから、高望みはしないの」

「え、膳所藩の若さま？」

たしかあそこには芭蕉《ばしょう》の弟子もいたはず。ともかく本多家といったら、譜代《ふだい》つまり幕府方の名家だ。その正室になるといったら悪くない。

「ただねえ、若さまは、江戸の生まれで、あちらの上屋敷《かみやしき》にいらっしゃるらしいんだけど、どんな方なのか、ちっとも知らないんだ。あ、そうだ、嵐子《らんこ》、こんど、江戸にもどったら、どんな人か調べてきてよ」

「え？　なんでわたしが？」

「だって嵐子《らんこ》は一応、忍者《にんじゃ》なんでしょ。あちらの上屋敷《かみやしき》に忍《しの》びこむなんて、ちょちょいのちょいでしょ、たのむわね」

「ちょちょいって……。でも、調べてみて、その若さまが、ねしょんべんたれとか、性格のねじまがったやつだったら、どうされるんですか？」

「うっ……」

綺羅姫《きらひめ》は小さく声をあげた。

「でも、そうだよね。そのときも嫁《とつ》ぐしかないなあ……。大名の姫だから、お家のために、我慢《がまん》するしかない。藩《はん》と藩のつきあいだし、家臣たちの暮《く》らしにも影響《えいきょう》することだしね」

いばりんぼうながら、この姫も、そのあたりはちゃんと心得ているらしい。

「えらいなあ」

「だって、病気と偽《いつわ》って祝言を日延べしたところでも、あとは尼《あま》さんになるしかないし、お寺で暮らすのはいやだもの。ただね、生まれたからには、西行法師みたいに、一度ぐらい燃えるような恋をしてみたいものよね」

武家の娘《むすめ》として生まれたからには、結婚《けっこん》は親が決めるのがふつう。

しかも藩主《はんしゅ》の姫《ひめ》ともなれば、藩全体の行く末もかかわってくることだった。

わたしの場合は、まだお相手はきまっていない。いずれは、だれかがお考えくださるとは思うけれど、嫁入《よめい》りなんてまだとうぶん先のことだろう。

それより今は、伊賀上野城《いがうえの》のほうが心配だった。取りつぶされてしまったら、嫁入りどころの騒《さわ》ぎではなかった。

そのためには西村源三郎からなんとしても、文書を奪《うば》い返さなければいけない。

国元も、もちろんわたしひとりにこの重大な任務を課しているわけではなかった。

すでに伊賀ものたちが何人も、西村源三郎の行方を追っていた。

源三郎は、一度、近江《おうみ》の親類をたずねたあと江戸にむかったらしいが、まださいわいなことに、伊達藩《だて》にはついていないようだ。

ときどき、わたしの配下の忍者《にんじゃ》たちが動向を探って、知らせてくれていたが、いたらしいとか、数日泊《と》まっていたようだという淡《あわ》い影《かげ》のような報告ばかりだった。

「あ、やっときた……」

綺羅《きら》姫が腰《こし》をうかした。

みれば、船着き場にちょうど船が到着したところで、むこうから大勢の人たちが声高に歩いてくる。

その中に、旅姿《たびすがた》の芭蕉《ばしょう》と弟子の河合曽良《かわいそら》の姿もあった。

「なんだか牛若丸と弁慶《べんけい》みたいね。かなり年取ってるけど」

と、綺羅姫《きらひめ》が笑いながらいう。

利休帽《りきゅうぼう》をかぶり、杖《つえ》をつく芭蕉《ばしょう》に従って、大柄な曽良の坊主頭がよりそうように歩いている。曽良は、芭蕉の荷物をほとんどかついでいるのか、まるで行商にでも出るような大荷物を背負《せお》っていた。

それにしても芭蕉の人気はすごい。弟子たちはみな別れを惜《お》しんで、わざわざこの千住《せんじゅ》まで見送りにきたのだろう。その数ざっと三十人ほど。なかには町人もいれば、侍《さむらい》も、大百姓らしいものもいて、まことにふしぎな集団だった。

あれからまた少し芭蕉は、体調をくずしたりしていたが、曽良がひとりでなんやかやと準備をして、ようやくこの日をむかえることができた。

芭蕉は、長年住んでいた庵《いおり》をあけわたし、数日前から、弟子で魚問屋「鯉屋《こいや》」の主人、杉風《さんぷう》が用意した別宅に暮《く》らしていた。

草の戸も
住み替はる代《よ》ぞ
雛《ひな》の家

主がかわって、あの草深い庵《いおり》にも、あたらしい住人たちが、きっと今ごろひな祭りでもしているだろう。などと、芭蕉庵《ばしょうあん》を懐《なつ》かしむ歌をそこで詠《よ》んだりしている。

住み慣れた庵をいさぎよく引き払うなんて、もしかしたら、芭蕉は、本気で旅先で倒《たお》れるかもしれないとでも思っているのだろうか？

たしかに長い旅にはなるはずだ。病気をしたら、そのまま帰ってこられないなんてことも多かった。弟子たちが別れを惜《お》しむのも無理はない。

曽良《そら》が、茶店のわたしたちに気がついて、軽く手をあげて見せた。

わたしもうなずいて、綺羅姫《きらひめ》をうながして、縁台を立つ。

わたしたちは芭蕉たちと、旅に出てから、たまたま街道で知り合って、一緒《いっしょ》に旅することになったと装うことになっている。なので、芭蕉の弟子たちの目をひくのも、今はさけなければならない。

「せっかくだから、江戸にいる間に、ちょいともどってすさのお神社におまいりしていきましょう。お師匠《ししょう》さまの旅のご無事をいのって」

と、むこうで、旅姿《たびすがた》の芭蕉《ばしょう》に大声でせがんだのは、弟子の杉風《さんぷう》である。

千住《せんじゅ》大橋を渡るまでは、江戸のうち。橋を渡ればそこは千住宿で、日光街道の最初の宿場町となる。

え、まだ千住大橋を渡らないの？　ほんとにもう、と、わたしと綺羅姫《きらひめ》がげんなりしながらついてくと、神社で手を合わせた芭蕉《ばしょう》が、矢立をだして、一句詠《よ》みあげてみせた。

行く春や
鳥啼《なき》魚の
目は泪《なみだ》

別れを惜《お》しむ句だ。わかりやすいのに、心にすっと入ってくる。

わたし、けっこう芭蕉の句が好きかも、と思った。

そのときだった。

参拝客が、わたしの肩《かた》にかるくぶつかって「すみませんね」と、とおりすぎていった。と、わたしの手のひらのなかに、小さな文がおしつけられていた。

「あ……」

西村源三郎を追う、国元の伊賀《いが》者がなにか知らせてよこしたにちがいない。

ふりむくと旅の行商人が境内から出ていくところだった。ちょっと猫背《ねこぜ》で軽く足を引くのは権《ごん》左《ざ》だろう。

わたしはそう思って、文をこっそりひらいた。

源、草、五前↓不続

「えっ、その手紙なに？　いつのまに」

わたしの文をのぞきこんで、かんざしをゆらしながら綺羅姫《きらひめ》がささやいた。

「たった今、手下からのツナギがあったの。西村源三郎の行方がわかったらしいよ」

「え、うそ、だれとあったの？」

「すれちがった人」

「気がつかなかったなあ。わあ、ほんものの忍者《にんじゃ》みたい」

ほんものって……だから、わたしは、ほんものの忍者だっていうの。

「手下からって、嵐子《らんこ》って、えらいの？」

「一応、これでもお頭よ」

「きゃあ、かっこいい。そんなお方と一緒《いっしょ》だなんて、こころ強〜い」

綺羅姫《きらひめ》が、ほおに手を当てて笑ってみせた。

こいつ、ぜったいにばかにしてる。

もっとも部下は、忍術《にんじゅつ》にかけては、頭のわたしの数倍は能力が高い。

「で、なんて、なんていってきたの？　これ暗号よね。◯に源って、わかった。源三郎ね、でも
あとは、なんだ？　はやくおしえてよ」

「ちょっとだまってて」

さすがに、うっせえとはいえず、わたしはただ苦笑しながら、暗号を解いてみせた。

もっとも、これは暗号というほどのものでもない。

「西村源三郎は、草加《そうか》宿を五日前に通過したらしいって。でも不確かなので、さらに探索をつづけますってことね」

「それなら、いそげば、日光かその先あたりで追いつけそうね」

「だといいけど……」

それに、源三郎が文書を持っているのか、伊達藩《だてはん》のだれと会おうとしているかなど、まだわからないことだらけだ。

「あ、ふたりがいっちゃうよ」

見れば、芭蕉《ばしょう》たちが、千住《せんじゅ》大橋のたもとのほうへもどっていくところだった。

この橋を越《こ》えたら、江戸の外。千住の宿だ。日光街道の始まりの宿場である。

わたしと綺羅姫《きらひめ》は、それぞれ傍《かたわ》らに置いてあった黒塗《ぬ》り笠《がさ》をかぶった。

綺羅姫の話だと、黒塗りの笠は、このごろ江戸で町娘《まちむすめ》たちの間で外出の時かぶるのが流行っているとかで、せっかく町人に扮《ふん》するのだからと、手に入れてきたものだ。

美しい旅装束《しょうぞく》の綺羅姫がすさのお神社から出ると、街道を歩く人々がすぐにまたどよめいた。

「あらかわいらしい。どこの小町娘だろうね」

と、ここでもすぐに声があがる。

でも、どんなに人々の注目をあびても、綺羅姫は少しも動じずに、

「嵐子《らんこ》、いそぎなさいね」

などと、こちらを威厳《いげん》たっぷりに促《うなが》す。

「よっしゃ」

しかたなく、少し気合いをいれなおして、茶店にもどり、預けておいた綺羅姫《きらひめ》の荷を背負《せお》った。

それがあまりに重く、肩《かた》にずしっとくいこみ、思わずうしろによろける。

船着き場から茶店まで、船頭に運んでもらったから気がつかなかったのだ。

「綺羅さま、な、なにをこんなに?」

「えっ、化粧《けしょう》道具とちょっとした着替え、あとは茶釜《ちゃがま》ぐらいよ」

「ちゃ、茶釜?」

「だって、道中でお茶が飲みたくなったらどうするの。嵐子《らんこ》のまずいお茶なんて飲みたくないし、わたし、お茶にはうるさいの」

「あのさ……」

切れそうになって、わたしが思わずにらむと、綺羅姫は、てへっと笑って見せた。

「使ったら、わたしがちゃんと洗《あら》うから、大丈夫《だいじょうぶ》」

「そうじゃなくて、旅に茶釜はいらないっていうの。そこらで売り飛ばしましょう」

「それはやめて、お願い。その茶釜は、ご先祖さまからの大事なものだから。それに、ほら、いそがなくちゃ、曽良《そら》がむこうで手を振《ふ》っているよ」

綺羅姫《きらひめ》の言葉に、わたしは舌打ちをして、ぐいっと風呂敷《ふろしき》をかつぎなおした。

「つぎの宿場で、茶釜《ちゃがま》は、江戸に送り返しますからね、ぜったいですよ」

「おいしいお茶をいれてあげるから、もっていこ」

「だめです」

わたしと綺羅姫は、そんないい合いをしながら、前をゆく芭蕉《ばしょう》と曽良を追って、千住《せんじゅ》大橋を渡り、千住の宿場町を抜《ぬ》けていった。

ここから先が日光街道である。

ときは、元禄二（一六八九）年の三月二十七日（いまの五月十六日）のことだった。

2 忍《しの》び寄る影《かげ》 （草《そう》加《か》〜粕《かす》壁《かべ》）

もの言えば
唇《くちびる》さむし
秋の風

千住《せんじゅ》から日光街道をひたすら歩き、草加宿にはいったころには、わたしと綺《き》羅《ら》姫《ひめ》は、芭蕉《ばしょう》たちと並《なら》んで歩くようになっていた。

初夏のひざしが心地よい。街道の木立の木漏《こも》れ日が、風にゆれ、地面にふりそそぐ。

「では、なるはやでお願いします」

わたしは、荷受け問屋の店先で手代に頭をさげた。ばか重い茶釜《ちゃがま》を、江戸に送り返す手配をしたのだ。

曽《そ》良《ら》と一緒《いっしょ》にもどってくると、綺羅姫と芭蕉は、茶店でみたらし団子をかじっていた。

「で、今日の宿は見つかったの？」

綺羅姫《きらひめ》の言葉に、わたしは思わず声をあげた。

「ばかいってんじゃないわよ、お嬢《じょう》さま、今日はまだ先にすすむんですからね」

千住《せんじゅ》から草加《そうか》まで、二里八丁（約九キロ）ばかり。まだやっと昼下がりだ。

伊達藩《だてはん》の米問屋「青葉屋」の娘《むすめ》に扮《ふん》した綺羅姫と、その文句屋の下女のわたしという役回りもだいぶなれてきて、ついわたしが毒づくと、芭蕉《ばしょう》がぼそっといった。

「そうか、そうかとうなずくも、草加じゃないとはこれいかに……」

「はっ？　お師匠《ししょう》、それってだじゃれのつもり？　さぶっ～」

綺羅姫が笑った。曽良《そら》に影響《えいきょう》されて、わたしも姫も、芭蕉をお師匠と呼ぶようになっていた。

「ときどきへんなことをいいますが、お師匠のことは気にせんでください。これでも俳句《はいく》の先生ですから。こんな苦虫をかみつぶしたみたいな顔して、だじゃれとかも嫌《きら》いじゃないんです」

曽良が顔の前で手を振《ふ》った。

芭蕉がふくらはぎをもみながらいう。

「でも、たしかにくたびれたよ。曽良、おまえが用意した荷物が多すぎたようだ」

「え、それでも、あっしがほとんど持っているのに」

「だったら、嵐子《らんこ》に少し持たせたら。茶釜《ちゃがま》の分、かるくなったはずだから」

「やめてよ」

「冗談《じょうだん》だってば、嵐子ちゃん。そんなこわい顔すると、かわいい顔がだいなしよ。それより、芭《ば》蕉《しょう》、たいへんなら、すぐにつかわないものは適当に捨《す》てて、必要になれば、途中《とちゅう》でまた買えば良いじゃない」

「そんな無駄遣《むだづか》いはよくありません。自分のものは自分でかつぐのが旅人の常識です」

曽良《そら》がいうと、芭蕉も小さくうなずいた。

「たしかに途中で倒《たお》れて死んでも、それは本望というものだからな」

少しうつむきかげんで、芭蕉は、年寄り臭《くさ》く、ときおりこほこほと軽く咳《せ》きこみながらいう。

わたしはかわいそうになって、つい、

「わかりましたよ。少しぐらいなら荷物をお持ちします」

「嵐子さま、お師匠《ししょう》にだまされちゃだめですよ」

笑い出したのは曽良だった
「これでもお師匠さまは、健脚でしてね、ぜんぜん疲れておられませんって。それに、お師匠さまは、きょうのお宿は粕壁《かすかべ》の東陽寺にやっかいになると。ご自分でとっくにきめて文も出してあるんですから」

お寺に知り合いの坊さまがいて、芭蕉《ばしょう》がおとずれるのをたのしみにしているそうだ。

もの言えば
唇《くちびる》さむし
秋の風

そんな俳句《はいく》を以前、そこで詠《よ》んだことがあるそうだ。

「しゃべりすぎちゃいけないっていう意味の句ですかね」

と、わたしがきくと、曽良《そら》が笑いながら、

「それは深読みというもの。ただ秋も深まってくると、道ばたでおしゃべりしていても、唇に寒さを感じますよ、っていうぐらいの意味だと思いますがね」

「読んで感じたままでよい。俳句は味わうものだから。俳句で大切なのは季節感。そしてそこにたたずむ人だろう」

芭蕉がこたえてくれた。

「このあたりには弟子が多いからね。その句も、何年か前にひらいた句会で詠《よ》んだものだ」

「じゃあ、きょうもまさかそのお寺で句会とか？」

「もちろん、そうなるだろう。わたしの弟子たちと会うのも、今回の旅の目的だから。もっとも明日の旅もあるので、夜中までは、やるつもりはないが」

芭蕉《ばしょう》はお茶をのみほすと立ち上がった。

「わおっ、俳句《はいく》って、なんかこわい」

綺羅姫《きらひめ》が口をはさんだ。

「で、その粕壁《かすかべ》って、ここからあとどれぐらいなの？」

「ここからたったの五里（二十キロ）ほどですよ」

「これからまだそんなに歩くの？　それってこの綺羅に死ねっていうことよね？」

「また大げさな……」

と、曽良《そら》は苦笑いしながら、芭蕉の耳もとで声をひそめた。

「お師匠《ししょう》さま、むこうの木の根にすわる旅の若い侍《さむらい》……。われらをつけているようで……」

「ああ、あの菅笠《すげがさ》の若い男だね……」

「やはり気づいておいでしたか。あの若者は、千住《せんじゅ》大橋からずっとうしろをつけてまいったようで。西村源三郎の仲間か、それとも……」

曽良《そら》の言葉に、わたしはぎくっとなった。

だれかにうしろをつけられているなんて、うかつにも思わなかったのだ。

「もしかしたら幕府の隠密《おんみつ》かしら」

わたしがいうと、綺羅姫《きらひめ》が口をおさえた。

「だったら、わたしをつけているのかも？　伊達藩《だてはん》の内紛をさぐりに？　そうよ、きっと」

「どうでしょうね。同じ方角へ旅するただの男っていうこともある……まあ、ともかく用心しながら、先へいそぎましょう。おねえさん、茶代はここにおきますよ」

曽良が茶店の奥《おく》に声をかけ、わたしたちは街道を歩き始めた。

しばらくしてふりむくと、菅笠《すげがさ》の男がゆっくりと歩いてくるのが見えた。

幕府の隠密？　源三郎の仲間？　あるいは伊達の反隠居《いんきょ》派のもの……。

わたしの胸《むね》の中で、黒い不安が大きくふくらんできた。

越谷《こしがや》をすぎて、粕壁《かすかべ》宿に入ったのはもう夜だった。

空には、三日月がかかっていた。

わたしと綺羅姫《きらひめ》は、利根川沿いの東陽寺にやっかいになるという芭蕉《ばしょう》たちとはべつに、宿場はずれのこぢんまりした旅籠《はたご》に部屋をとった。

綺羅姫もわたしも身分からすると、大名やその家臣たちが泊《と》まるような本陣や脇本陣といった格式の高い宿に泊まるのが当然だった。もちろん部屋が空いていれば、泊めてはくれる。けれど、今は町娘《まちむすめ》に扮《ふん》しているのだ。

それに武家がいるところに泊まって、ひょんなことで身元がばれでもしたら大変な事になる。そんなときも、曽良《そら》は役に立った。すぐに宿場を歩きまわり、よさげな宿を見つけてきてくれたのだ。

「宿賃はほかの旅籠《はたご》より少しお高いけど、娘二人だから、おかしなのが出入りしないところがよいでしょう」

と、すすめてくれただけあってなかなか感じのいい宿だった。

宿に入ったわたしたちは、部屋に案内してもらって、すぐに歓声《かんせい》をあげた。

畳《たたみ》を年の暮《く》れにかえたばかりだそうで、い草の香りがまだ残っているようなきれいな部屋だったからだ。

窓からは川も見えた。部屋の奥《おく》に大きな内湯もあるという。

「お嬢《じょう》さまがた、いまなら、だれも入ってないから、さきに汗を流してきなさったら」

と、おかみさんにすすめられて、ふたりして風呂につかり、顔を上気させながら、もどってきたら、部屋にお膳《ぜん》が出ていた。

川魚の煮付《につ》けに、野菜とこんにゃくの煮物に、味噌汁《みそしる》というなんてことのない食事だったが、タケノコの炊《た》きこみご飯がおいしかった。

「はあ、つかれたけど幸せ~。ちょっとはしたなくしていい?」

綺羅姫《きらひめ》がそういいながら、どたっと畳《たたみ》にひっくり返った。

わたしも、同じように倒《たお》れてみる。

おなかいっぱいだし、そのまま眠《ねむ》ってしまいたいような気分だった。

と、わたしの目に、柱にささったままの小さな紙切れがとまった。

すばやくおきて手にとる。やはり部下からのつなぎの文だった。

源、日光、二前↓源待誰不

「源三郎は、日光に二日前に入り、そこでだれかを待っているようだって……」

もうちょっとしっかり調べてほしい。

わたしの部下は、あまり役に立たないのだ。

「まさか、伊達藩《だてはん》のものと会うつもりじゃ……」

綺羅姫《きらひめ》が声をうわずらせたとき、廊下《ろうか》から曽良《そら》の声がきこえた。

「ちょっとよいですか」

「どうぞ」

わたしが返事をすると、曽良がすっと音もなく部屋に入ってきた。

「いかがしました？」

「それが……さっきの妙《みょう》な若侍《わかざむらい》なんですがね、ここに泊《と》まったようでして」

ぎょっとして、わたしと綺羅姫は顔を見合わせた。

「お師匠《ししょう》さまが宿場を散歩していて気がつき、あっしに見てこいと。で、調べてみたら、むこうの建物のほうにあいつがおりました」

「まさか……こちらを襲《おそ》ってくるんじゃ……」

綺羅姫の顔が、さあっと青ざめた。

わたしは、庭に面しているほうのわきの小窓に近づき、そっと障子を細くあけてみた。

旅籠《はたご》のむこう側は、入れこみになっているらしく、大部屋のそこかしこで談笑がおきていた。あの若い侍《さむらい》は、ひとりはずれて、宿に入ったというのに編み笠もとらず、ぽつんと縁側の柱に背《せ》をもたれている。わずかに見えるあごの線はすっきりしていて、まだ少年のものだ。

それでも、床板においた刀から、殺気がのぼってくるようだった。おそらく剣術もかなりの腕《うで》前《まえ》だろう。そういえば西村源三郎も剣客だった。

あるいは源三郎を助ける剣術仲間のひとりか？

「あいつは何者かしら？」

「あっしもわかりません。でも、けっこうすごいやつっぽいので、お師匠《ししょう》も心配されまして。なんなら、あっしもここに泊《と》まりましょうか？」

「お願い……」

わたしひとりなら、もし襲《おそ》われても、逃《に》げ延びる自信があったが、綺羅姫《きらひめ》が一緒《いっしょ》なのだ。

芭蕉《ばしょう》は、そこまで見通して、曽良《そら》をよこしてくれたらしい。

宿場を散歩したなどといっていたが、もしかしたら敵のことをさぐってくれていたのかもしれない。

城代《じょうだい》さまは、芭蕉は、忍者《にんじゃ》ではないといっていたが、やはりただものではなさそうだった。

その夜、わたしと綺羅姫《きらひめ》は、枕《まくら》を並《なら》べて眠《ねむ》った。曽良《そら》にも、押し入れにあった予備のふとんをつかうようにいったのだけれど、

「あっしはこのほうが」

と、いつなんどき襲《おそ》われても、戦えるようにと、壁《かべ》に背《せ》をもたれてうずくまっていた。

もうしわけないと思ったが、そうしてくれているとそれだけで安心だった。

「こわすぎて、寝《ね》られっこない。嵐子《らんこ》、そっちにいってもいい？」

と、ふるえていた綺羅姫も、わたしのふとんにもぐりこんでくると、たちまちやわらかな寝息を立て始めた。

さすがに旅の初日。疲れたのだろう。こう見えて、このわがままほうだいの姫も、伊達藩《だてはん》の行く末という、とてつもない使命を小さなからだに背負《お》っているのだ。

そう思うと、ちょっと抱きしめてやりたくなった。

そのときだった。廊下《ろうか》でぎしっぎしっと物音がし、だれかが立ち止まったのがわかった。

それも数人……。

あの若侍《わかざむらい》が、仲間を呼んだのだろうか？

気配だけがむくむく大きくふくらんでくる。

すごい殺気だった。

顔をむけると、柱にもたれていた曽良《そら》も気がついたようで、唇《くちびる》に指をあててみせた。

暗闇《くらやみ》に、綺羅姫《きらひめ》のすやすやという寝息《ねいき》だけが聞こえた。

それからどれぐらいたっただろうか……。

ふいに廊下《ろうか》のあたりに、
カツン
と、物音がし、すぐに小さなざわめきがおきると、こんどは足音が遠ざかっていくのがわかった。

わたしがふうと息をもらすと、曽良が立ちあがり廊下を見にいった。

「こんなものが落ちてました」

みれば、石つぶてをつつんだちり紙だった。

「なにかの合図なんですかね。それともお師匠《ししょう》が敵に気がついて、注意をそらすつもりで、投げこんでくれたのかな？」

曽良が独り言のようにいった。

「お師匠が？」

「あ、いえ、なんでもないです」

曽良《そら》は、ちょっとあわてたように笑うと、

「でも、まあよかった。今夜のところは、もう大丈夫《だいじょうぶ》でしょう。こんな脇差《わきざ》しで戦えるかどうか、ちょっと心配だったんですけどね。こっちは、ちゃんとおきてますから、嵐子《らんこ》さまも、どうぞおやすみなさい」

「でも、曽良も寝《ね》ないと」

「あっしは平気ですから、一日ぐらい寝ないでもなんとでもなります」

「だって……」

「あしたの朝は早立ちですよ」

曽良の穏《おだ》やかな声が睡魔《すいま》を誘《さそ》い、わたしもあくびをかみしめ、そのまま夢の中に落ちるのに時間はかからなかった。

3　コノハナサクヤヒメ（室《むろ》の八島《やしま》〜日光）

あらたうと
青葉若葉の
日の光

早朝、わたしたちが旅籠《はたご》のおかみさんたちに見送られて、街道に出ると、うすいもやの中に、利《り》休帽《きゅうぼう》をかぶった芭蕉《ばしょう》が、杖《つえ》を片手にひとりで立っていた。

足元においてあるのは、曽良《そら》の荷物だ。

いつでも出発できるように、寺から持ち出しておいてくれたみたいだ。

「ふぁ〜。おはようございます」

綺羅《きら》姫があくびをかみころす。

「ねえ、嵐子《らんこ》、わたしの目の下、くまができていない？　ぜんぜん眠《ねむ》れなかった」

「ちゃんと寝《ね》てましたよ。いびきもぐうぐう」

「うそっ、わたし、いびきかくの？」

綺羅姫《きらひめ》はいびきなんてかいていなかったが、わたしがうなずいてみせると、

「それはやばい、いびきってなおせるんだっけ？　未来の婿《むこ》どのが知ったら嫌《きら》われるかも」

と、騒々《そうぞう》しい。

朝から元気な姫だ。

「それより、お師匠《ししょう》さま、ゆうべ、わたしたちの様子をうかがうものが……」

「知っておる。あやしい人影《かげ》が四、五人、夜更けに外に出てきたからな。追いかけてみたが川のあたりで見失ってしまった。わたしも老いたものよ」

芭蕉《ばしょう》が苦笑いした。

「追いかけたって、お師匠さまは外で見張られていたのですか？」

「はて……見張っていたというより、なかなか寝付《ねつ》けずに、夜更けに少しあたりを散歩していただけだよ」

「それでやつらは……」

「浪人《ろうにん》の姿《すがた》をしていたが、はたして……」

やはり西村源三郎の仲間か？

いずれにしても、芭蕉《ばしょう》と曽良《そら》のふたりが意外と心強いことがわかったので、綺羅姫《きらひめ》のことはまかせて、こんど、侍《さむらい》たちが出てきたら、わたしがつけてみよう。

それにしても、曽良の昨日のようすといい、このふたり、ほんとにただの俳諧師《はいかいし》かしら？

わたしは、わいてきた疑問をおさえながら、きいてみた。

「もしかして、部屋に石を投げてくださったのはお師匠《ししょう》ですか？」

あのおかげで、その侍たちはわたしたちを襲《おそ》わなかったのかもしれない。

芭蕉は首を振《ふ》った。

「いや、わたしではないが……。ところで、あの若い侍は？」

「あの若侍は、夜明け前に出立したと、宿のおかみがいってました」

わたしがいうと、芭蕉は小さくうなずいた。

「なるほど……だとしたら、どこかで待《ま》ち伏《ぶ》せしているかもしれないな」

「えっ、途中《とちゅう》で襲《おそ》ってくるの？」

綺羅姫が両手で口をおおった。

「相手がなにものかわからない。ともかく用心しながら先に進もう」

芭蕉《ばしょう》の言葉に、みなはうなずいた。

さわやかな初夏の朝なのに、心はまだ白いもやがかかってるみたいに晴れないのだった。

けれども、その日は、なにもおこらなかった。

日光街道の間々田宿に泊《と》まり、翌朝も早くから宿をたって、四人は途中《とちゅう》で、壬生道《みぶどう》に入った。

こちらの道のほうが、日光が近かったからだ。

日光にむかったのは、西村源三郎がそこにいると、わたしの手下の忍者《にんじゃ》が知らせてきたせいもあるが、もちろん芭蕉ははじめから日光の東照宮をたずねるつもりだったらしい。

「嵐子《らんこ》さま、先をいそぐときにすまないが、ちょっと寄り道をしてもよいかね」

そのさきの室《むろ》の八島《やしま》とよばれる大神神社《おおみわじんじゃ》をお参りしたいという。

名所をたずねたり、土地の人たちからあれこれ話をきいたりするのが旅のいちばんの楽しみだといっていたので、少しの寄り道ならと、わたしがしぶしぶうなずくと、芭蕉はうれしそうに、渡良瀬川《わたらせがわ》の支流の思川《おもいがわ》ぞいの小道を森の中に入っていった。

人足たちが河岸で、船の荷をおろしている。

芭蕉が道をきくと、人足のひとりが指さした。

そのむこうに大きな鳥居が見えた。

「室《むろ》の八島《やしま》です。ここの祭神は、コノハナサクヤヒメなんですよ。おふたりは、ヒメ神のことはご存じですか?」

曽良《そら》がきいた。

「どこかで、きいたことがあるような~」

綺羅姫《きらひめ》が、ほんとうはぜったい知らないような口ぶりでこたえた。

「たしか、天照大神《あまてらすおおみかみ》が天空から送り込んだニニギ尊《のみこと》が娶《めと》ったおくさんですよね。絶世の美女の」

わたしがいうと、綺羅姫は「そう、そう、そうだった」と、調子よくあいづちをうつ。

「嵐子《らんこ》さまは、よくご存じですね」

「もちろん、わが藤堂藩《はん》は、伊勢に近いですから、古事記はもちろん、この国の神話のこともよくきかされていました」

コノハナサクヤヒメは、結婚《けっこん》してすぐにおなかが大きくなったので、夫のニニギ尊が、その子の父親はべつの神さまではないかと疑った。

それを知ってヒメは、それなら家に閉じこもるから、火を放て、もし自分にやましいことがあればそのまま滅《ほろ》びましょうといいだした。

そしてその燃えさかる火の中で、ヒメ神は三人の子を無事に産んでみせたのだった。

「そのうちの三番目に生まれた子が、『海幸彦、山幸彦』のお話に出てくる山幸彦で、その孫がいまの天皇家のはじまりとなる神武天皇なんですよ」

曽良《そら》が、そんなことをわたしたちに説明してくれた。

室《むろ》とは、ヒメ神が閉じこもった家のことで、八島《やしま》は火を放ったかまどなんだそうだ。この土地にヒメ神を祀《まつ》ったときに、この室の八島もつくったらしい。それ以来、昔から、歌にうたわれているのだそうだ。

「コノハナサクヤヒメは疑われて、すごく悲しかったでしょうね」

わたしがいうと、綺羅姫《きらひめ》もつよくうなずいた。

「うん。ぜったいそう」

「たしかにニニギ尊《のみこと》も、ヒメ神のことを愛していたら、疑ってもいわないほうが良かったのでしょう。でも、男というのはそこまでなかなか気が回らないものですから」

曽良がそういいながら、神社の奥《おく》の、室の八島と呼ばれる小さな池のほとりの芭蕉《ばしょう》のほうを見た。

境内はあかるく暑いぐらいで、あたりには陽炎《かげろう》が立ちのぼっていた。

その初夏の光の中に、芭蕉《ばしょう》はじっと立ちつくして、なにかものおもいにふけっている。

と、ひゅんとどこからともなく、音がして、綺羅姫《きらひめ》のすぐそばの楠《くすのき》に、

びーん

と矢が、突きたった。

より目になっている綺羅姫をつきとばし、わたしは手に持っていた塗《ぬ》り笠《がさ》をかまえた。

曽良《そら》がさけんだ。

「なにものだ！」

けれども、返事はない。

芭蕉は、あたりをうかがいながら、ゆっくり近づいてくると、矢を抜《ぬ》いた。

見ると、結び文が羽根のあたりにつけられている。

「命がおしければ、品川にもどられたし」

とあった。

「脅《おど》し文だな……。品川って、伊達藩《だてはん》の下屋敷《しもやしき》のことだろう」

芭蕉の言葉に、綺羅姫が息をのんだ。

「じゃあ、ねらわれているのは、まさかのわたしなの？」

「おそらくは」

下屋敷《しもやしき》に国元の密偵《みってい》が忍びこんでいれば、綺羅姫《きらひめ》が、大殿の文を持って伊達《だて》にむかっているのはつつぬけのはずだった。

綺羅姫が、矢をぺしっとへしおった。

「くそっ、矢を射ったのが国元のやつらだったら、ぜったいにゆるさない。このわたしを脅《おど》すなんて……こうなったら、先を急ぎましょう」

姫は、こう見えて、相当に負けず嫌《ぎら》いなようだ。


その日は鹿沼《かぬま》に泊《と》まり、翌日、わたしたちは日光の東照宮を参拝した。

朝のうちは、ぽつりぽつりと、こまかな雨が降っていたのだけれど、東照宮に着いたころにはどうにかあがっていた。

そんな雨模様にもかかわらず、この日は幾人もの参拝客がいた。

なんでも幕府のおかかえの絵描きさんと、そのお弟子さんたちだそうで、わたしたちは彼らのうしろをくっついて歩きまわった。

境内の参観には、紹介状《しょうかい》が必要だったのだけれど、曽良《そら》がそのあたりはちゃんと用意してあったようで、絵描きたちと同じように、すみずみまでゆっくり見ることができたのだ。

ここは、初代将軍の家康公を祭神として祀《まつ》っている、幕府にとって特別な神社だ。

そのためつねに手入れされていなければならず、その修繕《しゅうぜん》を各地の大名たちが交代でいいつかっていた。

綺羅姫《きらひめ》の伊達藩《だてはん》も、いまに大きな修繕をいいわたされるのではと心配していたのだが、

「東照宮さまも、参道も、江戸でいわれているほど荒れてはいないなあ。修繕など必要があるのだろうか」

曽良《そら》が、そんなことをつぶやきながら、左甚五郎《ひだりじんごろう》がつくったという「見ざる、きかざる、いわざる」の三匹の猿《さる》の彫刻《ちょうこく》を指さした。

「お師匠《ししょう》さま、これが、有名な三猿の木彫りですよ」

「ほお、見事なものだな」

芭蕉《ばしょう》が目を細める。

雲がきれて、ふいに日が差しこんできた。

雨上がりのせいか、あたりの木立が美しく輝《かがや》きはなった。

あらたうと
青葉若葉の
日の光

芭蕉《ばしょう》が、すぐに一句をしたためる。

日光山のすばらしさは、おいそれと言葉にはできないという意味のようだ。

わたしが感心していると、綺羅姫《きらひめ》の話では、奥の方に同じく左甚五郎《ひだりじんごろう》が彫《ほ》った有名な「眠《ねむ》り猫《ねこ》」があるのだという。ただそこは一万石以上の大名しか入れないとのことで、わたしたちも見ることはゆるされなかった。

「拝観したという父の話だとね、その猫、うちのオマルにそっくりなんだそうよ。その子ね、よく塀《へい》の上に寝《ね》ているのだけど、近づいていって、そばでわっとおどかすと落ちるのよね」

と、綺羅姫がくすっと笑った。

「おどかしたらかわいそうじゃない」

わたしは苦笑するしかなかった。

それにしても、西村源三郎はどこにいるのだろう。

この日光でだれかを待《ま》ち受けているようだと、手下からの知らせだったけれど、それらしい浪《ろう》人《にん》の姿《すがた》はどこにもなかった。

社務所でそれとなくきいてみたが、だれも見かけていないという。

「ともかく、宿に荷物をおいてから、里のあたりでさぐりをいれてみましょうか？」

曽良《そら》によると、この日は、旅籠《はたご》ではなく、仏《ほとけ》の五左衛門《ござえもん》という人の家に泊《と》まるという。

「水戸《みと》のご老公が、日光にいくならと紹介《しょうかい》してくれたんですよ」

「仏のって……？　お坊さまのおうちとか？」

綺羅姫《きらひめ》がふしぎそうな顔で、曽良を見た。

「いや、たんなるあだ名です。とっても善人で、親切このうえないという評判のお方だとか。欲もなく、こまっている人をみれば助けずにはいられないそうです」

「ふうん。でも、ほんとうにそんな善人なんて人がいるのかなあ……」

綺羅姫が口をとんがらかせた。

たしかに、とわたしもうなずいてしまう。

曽良が苦笑いをうかべている。

「まあ、ともかくたずねてみましょう」

そのとき、ふいにしゃがれた年寄りの声がきこえた。

「気をつけなさい。うしろをつけられていますよ」

見ると、土地の者なのか、きこりのようななりのずんぐりふとった老人が、赤い着物をきたおかっぱ頭の女の子をつれて立っていた。

「ほら、あそこよ」

女の子が指さすほうをみれば、むこうの雑木林の中を山伏姿《やまぶしすがた》の男がふたりつれだって歩いてくる。

もっとも日光山は霊山《りょうぜん》でもあったので、修験道で修行する山伏たちがいてもおかしくはなかった。

「あの者たちは、東照宮さまの門前で、あなた方が出てくるのを一時《いっとき》（二時間）も、待《ま》ち伏《ぶ》せていたのですよ。おむかえにあがったときに気がついてよかった」

待ち伏せとは……？

いったいなにものだろう。

「で、わたしたちのおむかえとは？」

「水戸《みと》さまからお便りがありましたので、そろそろ江戸から芭蕉《ばしょう》さまがたずねてみえるはずと、毎日、東照宮さまに顔を出しておったのです」

「じゃあ、あなたが仏《ほとけ》の五左衛門《ござえもん》どの？」

曽良《そら》がきくと、老人はこくりとうなずいた。

「ともかくこちらへおいでなさいな。わが家まで案内しますから。ほら、かさね、お嬢《じょう》さまがたの荷物を持ってさしあげなさい」

「いや、このぐらい……」

かさねは七、八歳だろう。

さすがの綺羅姫《きらひめ》も遠慮《えんりょ》して手を振《ふ》った。

「そんなことといって、両手がつかえないと大変ですよ」

かさねがにっこりほほえんだ。

「だって、斜面をすべっていくのですから」

す、すべってって？

わたしと綺羅姫が顔を見合わせた。

「ほら、のってくだされ。やつらがきますよ」

五左衛門はそういうと、すぐわきを指さした。そこには大きなそりがおいてある。

「これは草ぞりだね」

芭蕉《ばしょう》が興味深そうに眺《なが》めている。

「へえ、これをつかって里まで一気におりますで、振《ふ》りおとされないよう、ちゃんとつかまってくだされよ」

五左衛門《ござえもん》にいわれて、綺羅姫《きらひめ》が手をたたいた。

「まあ、素敵！　こういうの大好き」

4　荒野の五人（白河関《しらかわのせき》〜那須《なす》）

かさねとは
八重撫子《やえなでしこ》の
名なるべし　（曽良《そら》）

仏《ほとけ》の五左衛門《ござえもん》の家は、日光東照宮をくだった村にあった。

ただ、山間をそりで下って、そのまま庭におりたので、里のものたちも、わたしたちの姿《すがた》を見たものはいなかったはずだ。

思っていたよりもずっと大きなお屋敷《やしき》だった。

五左衛門は、今はひとり暮《ぐ》らしだそうで、ときどき遊びにくるという孫娘《むすめ》のかさねが、かいがいしくわたしたちの世話をやいてくれた。

ここは水戸藩《みとはん》の家臣が、東照宮に用があっておとずれるときに使う常宿にもなっているという。

ただ、風呂をわかすために薪《まき》を割ったりする動作を見ても、まったくすきがなかったから、もしかしたら五左衛門《ござえもん》は、ただの里のものではなく、もとは武士だったのかもしれない。

わたしはその五左衛門に、西村源三郎のことをきいてみた。

「ああ、それなら、おじいさま、れいのおキツネさまじゃないかしら」

と、かさねがおしえてくれた。

このさきの滝《たき》のそばにほこらがあって、そこに数日前から、そのような侍《さむらい》が寝泊《ねと》まりしていたという。

やせぎすの暗い感じの男だったので、里の人たちは、なんだかうすきみわるいとうわさしていたらしい。

西村源太郎にちがいない。

「で、そのものは？」

「それが、ゆうべのことです。さきほどの山伏《やまぶし》たちや侍の一団となにやら争って、すごいいきおいで山からおりていきなすった」

「そうそう、そのあとを若いお侍が追いかけていったのよね」

五左衛門の言葉に、かさねがつけくわえてみせる。

若い侍《さむらい》……？

粕壁《かすかべ》宿で見かけた例の編み笠の少年だろうか。

ふたりはやはり仲間だったのか？

それにしても、源三郎と争っていたという山伏《やまぶし》や侍たちのことも気になった。

「でも、ここであれこれ詮索《せんさく》してもしかたがないでしょう。それより五左衛門《ござえもん》どの、このあたりのお話をきかせてくだされ」

芭蕉《ばしょう》は、いろりの前で、もらった茶椀《ちゃわん》酒をなめるようにのみながら、ねだった。

旅先で、土地の古老からいろんな話をきくのも、たのしみのひとつらしかった。

そろそろ夏の始まりといっても、山の夜は冷える。

パチッと、いろりで赤く燃えているまきがはぜた。

むこうで、かさねとおてだまして遊びながら、綺羅姫《きらひめ》が、小さくあくびをかみころしている。

曽良《そら》の姿《すがた》は、いつのまにか消えていた。

なにかをさぐりにいったのだろうか？

わたしも、源三郎のことが気になって、立ちあがった。

源三郎がいたという、ほこらはやはりもぬけのからだった。
すぐ近くを流れる滝《たき》の音が、あたりの静けさをやぶって耳に届《とど》く。
ん？　月光のなかで、壁《かべ》になにか小さなものが光っていた。
紙切れだ。
ひろげてみると、例によって、わたしの手下からのつなぎの文だった。

源出日追

——源三郎は、日光を出たのでさらに追いかけます。
やはり、あの男は仙台にむかったのか？
わたしが月明かりのなかで、考えていると、がさっと草むらがゆれた。
現れたのは、編み笠のあの少年剣士だ。
うっ……。
滝の音で、足音がきこえなかったのだ。
わたしは、武器をなにももたずに出てきてしまったのを後悔《こうかい》した。

けれども、少年はわたしを襲《おそ》うつもりはないのか、とっさに両手を高くかかげると、ふっと笑いかけてきた。

少し勝ち気そうだが、澄《す》んだ目をしている。

「おまえは、綺羅姫《きらひめ》の下女だな」

……下女？

「姫にいっておけ。味方が味方とはかぎらないと。伊達藩《だてはん》には大きな黒ネズミが一匹、巣をつくっているようだからね」

「黒ネズミ……？　あなたはいったい……なにものですか？」

「権兵衛とだけいっておこう。あ、それから、おまえたちは、伊達にむかうにはどの道を通るつもりだ？」

わたしはとっさに首を横に振《ふ》る。

この少年がなにものかわからない以上、うかつなことはおしえられなかった。

「まあ、よいが、道中、くれぐれも気をつけるように」

そういうと、はっとしたようにうしろをみて、少年はふいに姿《すがた》を消した。

と、草むらからぬっと顔を出したのは曽良《そら》だった。

「いま、嵐子《らんこ》さまはどなたとお話になっていたのですか？」

「えっ？」

わたしは、どきりとした。

味方が味方とはかぎらない……。

と、たった今、少年剣士から、なぞかけみたいな言葉をきかされたばかりだったからだ。

曽良《そら》が敵だとは思いたくなかったけれど、ここは用心したほうがいいかもしれない。

わたしはとっさに嘘《うそ》をついた。

「わたしの手下です。源三郎の行方を捜《さが》すように命じておきました」

「そうですか」

うなずいた曽良の目は、少しも笑っていなかった。


「でさ、その剣士って、権兵衛？　名前としてはイマイチね」

翌朝、わたしが綺羅姫《きらひめ》に少年剣士のことをはなすと、すぐに身を乗り出してきた。

「それで、いったいどんな人だったの？」

「どんなって……」

「顔よ、顔。ブサ顔はごめんよ」

「まあ、わりといけてると思ったわ。眉《まゆ》がきりっ、としてて」

「眉がきりっ、とねえ……」

綺羅姫《きらひめ》は、自分のまるい美しい眉に指をあててみせた。

「たとえば、その人が剣道をしていたら、道場の窓じゅうに若い娘《むすめ》がはりつく感じとか？」

どんな男だと、つっこみたくなったが、

「心当たりがあるの？」

「ぜんぜん。そんなかっこいい人は知らないなあ。だれだろ、でも、このわたしを守ってくれる、なぞの剣士がいよいよ登場かあ。もしかしたら、高林玄蕃《げんば》が心配して、道場で指折りの美剣士を、わたしの陰《かげ》の護衛《ごえい》にひそかにつけてくれたのかもね」

「高林って？」

「いわなかったっけ？　父上の部下で、ときにわたしの手習いを見てくれていたお方よ。下屋敷《しもやしき》で、いちばん信頼《しんらい》できる人。剣術も達人なの。いずれ国にもどれば、家老にはなるはず。で、なに、そのお方が、味方が味方とはかぎらないっておっしゃったの？　つまり仲間の中に、裏切り者がひそんでるってこと？」

「そう」

「……ということは？」

「なに、なにか姫《ひめ》はわかるの？」

「わからないから、きいているのじゃないの、嵐子《らんこ》ちゃん」

期待して、損したとがっかりしていると、綺羅《きら》姫はささやいた。

「もしかして、裏切り者は、曽良《そら》かも？」

「やっぱり、綺羅姫もそう思うの？」

「え、そうなの？　まじで？」

「べつに、疑ってるわけじゃないけど……」

「まあ、それはないか。でも、ただの俳句《はいく》詠《よ》みのお師匠《ししょう》さまが、敵だとはとても思えない。味方の中に敵がいるとして、曽良じゃないとしたら、残るは……。やや、嵐子、まさか、あなたが、わたしの敵だったの？」

綺羅姫がとっさにみがまえたので、

「あのさあ……」

わたしは「はあ」とためいきをつくしかなかった。

それにしても、権兵衛さんはなにものだろう……。

そのとき、はっと気がついた。

名無しの権兵衛のことか。素性は、あかしたくないってことね。

ともかく西村源三郎を日光で見つけられなかったので、わたしたちは先を急ぐしかなかった。すると、仏《ほとけ》の五左衛門《ござえもん》が、近道をおしえてくれた。

「今市の大木戸は、けっこう身元調べがきびしいですから、さけたほうがよろしいでしょう。かさねに道案内させますから、滝《たき》など見物しながら、まいられるとよろしい」

孫のかさねは、ふだんは那須野《なすの》でお百姓をしている両親の元で暮《く》らしていて、ときどき遊びに来ているのだ。

那須野までは、一泊二日の道のりだが、小さなかさねは、知り合いの商家の家に泊《と》めてもらったりして、いつもひとりで行き来しているのだそうだ。

その日の朝は快晴で、芭蕉《ばしょう》はもちろんわたしたちの足取りも軽かった。

初夏の日差しが心地よかったし、なによりかさねがかわいくて、わたしと綺羅姫《きらひめ》は、かさねと三人で手をつないで歩くだけで、ずんずんと足が前にすすんだ。

でも、裏見の滝を見物したりしているうちに、日が陰《かげ》り始め、昼過ぎには、とつぜんに雷《かみなり》がなり、どしゃぶりとなってしまった。

山の雷はこわい。

わたしたちは、大いそぎで山道を駆《か》けおり、そのままこの日は、はやめに玉生の宿に泊《と》まり、那《な》須《す》野《の》ヶ原にそなえた。


雨は夜のうちにあがり、翌朝は、ふたたび快晴だった。

ぬれそぼった草原があざやかに輝《かがや》いていた。

「ここを越《こ》えれば黒羽《くろばね》。黒羽には、わたしの弟子の桃雪《とうせつ》と翠桃《すいとう》の兄弟のところにやっかいになることになっている」

芭蕉《ばしょう》がちょっとうれしそうに笑った。

「その方は、俳諧師《はいかいし》なのですか?」

「うん、まあそうだ。桃雪は、いまは出世して大関藩《おおせきはん》の城代《じょうだい》家老をしておる……。江戸以来だから、会うのはすごく久しぶりだ」

歩きながら、芭蕉がふりむいたときだった。

「むっ、おい、みんな気をつけろ、でおったぞ」

そのただならない声とともに、遠くの草むらがまるで津波のようにふくれあがったかと思うと、山伏《やまぶし》姿《すがた》の男たちがつぎつぎに飛び出してきた。

敵は、十数人はいる。

すでに刀を抜《ぬ》きはなっているらしく、手には白刃がきらめいていた。

「姫《ひめ》さま、かさねちゃん、逃《に》げて！」

わたしは、肩《かた》にかついでいた風呂敷《ふろしき》を草むらにほうりすて、山伏たちのほうへ走り出した。

刀が怖《こわ》いなんて考えている余裕はなかった。

すると、わたしのすぐ横を曽良《そら》もすごいいきおいで走っていた。

「嵐子《らんこ》さま、油断めされるな」

曽良の足は、はやかった。

「きましたぞ、それ、左だ」

曽良にうながされ、わたしは道ばたの小さな神社に走りこむ。

その足音で、境内の木立にとまっていた鳥たちがぎゃあぎゃあといっせいに飛び立った。

敵もすぐにかけこんできて、飛びちがいざまに手裏剣を投げてくる。

カン、カンカンカンカン
大きな楠《くすのき》を背《せ》にして、曽良《そら》は目にもとまらぬ動きで、刀でことごとく撃《う》ち落とすと、わたしにささやいた。

「嵐子《らんこ》さま、ここはあっしにまかせて。敵をどうにかひきつけておきますから、あなたはうしろにまわって隠《かく》れてくだされ。すきをみて、反撃《はんげき》したいですから」

「わかった。なんとかやってみます」

「じゃ、三つ息を数えますからね」

曽良はわたしにうなずくと、

「一、二、三」

合図とともに、懐《ふところ》から、何かを取出し、地面にたたきつけた。

ぼふっ！

と、煙幕がたかれる。

その一瞬《いっしゅん》をついて、わたしは樹にのぼり、反転して、山伏《やまぶし》の頭上を飛びながら着物を裏《うら》返し、むこうの枝に飛び移った。

そのまま茂《しげ》みにはりつく。

伊賀《いが》の山で、さんざんにやった隠《かく》れ蓑《みの》だ。

じっとしてさえいれば、これだけで木々の葉の中に溶けこんでしまう自信があった。

下をみると、ふたりの山伏《やまぶし》と曽良《そら》がむきあっていた。

錫杖《しゃくじょう》と呼ばれる金属の杖を手に、鉄の黒い仮面をつけた背《せ》の高い男だ。顔はわからないがまだ若そうだった。

もうひとりは額に鉢金《はちがね》という兜《かぶと》をまいた大男で、片目に大きな傷《きず》あとがある。

このふたりが、山伏たちのお頭のようだ。

「おぬしは幕府の隠密《おんみつ》か？」

黒い仮面の山伏のほうが曽良にいった。

隠密……？　曽良が？

「そういうおまえたちは、甲賀《こうが》ものだな」

こ、甲賀忍者《にんじゃ》だと……。

どきりとした。

伊賀忍者にすれば永遠の競争相手だ。

いや、いまは江戸幕府に対して強いうらみをもつ集団といっていいだろうか。

甲賀忍者《こうがにんじゃ》は、かつては織田信長につかえ、信長が明智光秀に殺されたとき、織田家とともにほろんだ。

それからというもの、一族の再興を祈って、幕府に嘆願書を出しつづけていたのだが、許されなかった。

以来、甲賀忍者たちは幕府をうらみ、日本の各地で事件をおこしていたのだ。

「おまえたちのねらいはいったいなんだ？」

曽良《そら》が剣をかまえたまま、にらみつけた。

はじめてみるような怖《こわ》い顔だった。

兜《かぶと》の大男がにやりと笑った。

「しれたこと。幕府との戦よ。伊達藩《だてはん》に味方になってもらおうと思っていたのだが、ここで品川の隠居《いんきょ》が出てきおった。もう少しで藩内の意見をまとめることができようというときにな。まあ、よい、おまえたち、まずは命が惜《お》しかったら、大殿からの手紙をおとなしくこちらに渡してもらおうか」

みれば、綺羅姫《きらひめ》やかさねたちも逃《に》げ切れなかったらしく、何人かの山伏《やまぶし》に取り囲まれていた。

芭蕉《ばしょう》がひとりで杖《つえ》をかまえて、ふたりを守ろうとしているが、とても防げそうになかった。

けれども、綺羅姫《きらひめ》がさけんだ。

「死んでもわたすものですか」

「それなら、ご希望どおりに地獄におくってしんぜよう」

仮面の男が、走りながら綺羅姫の元にかけより、

「たあっ！」

と、錫杖《しゃくじょう》をふりおろした。

でも、芭蕉《ばしょう》はその動きは予期していたのだろう。

わきから杖《つえ》が電光のように動き、錫杖をはねとばす。

「おっ」

その思いがけないすばやい動きに、山伏《やまぶし》たちが一瞬《いっしゅん》、立ち止まる。

数人の侍《さむらい》たちが、とつぜん小走りに走りこんできた。

「姫、綺羅姫さま～」

「あ、玄蕃《げんば》じゃないの！　江戸から追ってきてくれたのね」

綺羅姫がよろこびの声をあげた。

「さようでございます。お姫さま。どうにか間に合いました」

中年の侍《さむらい》が笑った。これが江戸の大殿の信任が厚い若頭の高林玄蕃《げんば》らしい。

「この山伏《やまぶし》たちは、伊達藩《だてはん》をそそのかし、幕府にたてつかせようとした張本人なの。成敗して！」

「おまかせあれ」

高林玄蕃はそういって、綺羅姫《きらひめ》に近づいてくると、いきなり、抱きかかえた。

綺羅姫が驚《おどろ》きに目を見張っている。

「な、なにをするの？」

「大殿の手紙を渡してもらおうか」

「どうして、おまえが？」

「日光の東照宮の修繕《しゅうぜん》をしたくなかっただけだ。そうなれば、わが藩の江戸の金蔵に金がないことがばれてしまうではないか」

「蔵に金がない？　まさか、おまえがつかいこんだのね」

「ははは、江戸はなにかと物入りで」

「ばかなことをいわないで。おまえのせいで、藩がどうなってもいいの？」

「いや、こうなったら伊達幕府をつくりたいもの。そうすれば、わたしが藩の救世主。藩主《はんしゅ》の綱《つな》村《むら》さまが、つぎの将軍かもしれぬ。姫もうれしいであろう」

「そんなことできっこありません。だめよ、嵐子《らんこ》、渡しては」

これは綺羅姫《きらひめ》がとっさについた嘘《うそ》だ。

手紙は、姫が肌身離《はだみはな》さずに大切に持ち歩いていた。

「ほほう。なるほど……おい、女忍者《にんじゃ》、かくれていないで出てこい！」

玄蕃《げんば》は、あたりを見渡しながら、さけんだ。

その腕《うで》の中で、綺羅姫がもがきながらいう。

「だめよ、嵐子、わたしのことはいいから、逃《に》げて！」

「ふん。ならば、まずは、この子どもの命をいただくまで。そうすれば姫もお考えをかえられるのではないかな」

高林玄蕃は、冷酷《れいこく》な顔で、家来がおさえつけていたかさねのほうに剣先をむけた。

かさねは、恐怖《きょうふ》で声も出ない。

「とおっ」

玄蕃が刀をふりおろした。

「うわっ」

声を上げたのは、芭蕉《ばしょう》だった。

かさねをかばい、どこか切られたのだ。

「くそっ、おいぼれ、邪魔《じゃま》するな」

玄蕃《げんば》の目がつりあがり、さらに刀を振《ふ》りかぶった。

そうなると、わたしも、姿《すがた》をあらわすしかなかった。

木の枝に立ち、懐《ふところ》から投げ縄《なわ》を打つ。

細い丈夫《じょうぶ》な縄の先に小さな鉄の重石のついたもので、空を飛ぶ鳥もつかまえることができる。

投げ縄が、しゅるしゅると空中の玄蕃の剣にまきついた。

そのまま、わたしは宙を飛び、うずくまるかさねと芭蕉《ばしょう》の前に出た。

むこうでも、曽良《そら》が、山伏《やまぶし》を相手に戦いを始めていた。

「こなくそ」

怒《いか》りにかられた玄蕃が、斬《き》りかかってくる。

わたしは落ちていた芭蕉の杖《つえ》を拾って夢中で、杖をつきだした。

「うわっ」

玄蕃がのどをおさえて、ふっとんだ。

けれども、わたしの反撃《はんげき》もここまでだった。

山伏《やまぶし》の頭目のひとりが、横から猛然《もうぜん》と斬りかかってきたからだ。

「あぶない！」

綺羅姫《きらひめ》を守ろうとして、わたしは、背中《せなか》にはげしい痛みを感じた。

「ら、嵐子《らんこ》ちゃん！」

綺羅姫が悲鳴をあげた。

——と、そのときだった。

遠くで「ブオオオオー」と、ほら貝がきこえ、地鳴りのような馬群の蹄《ひづめ》の音が押し寄せてきたのだ。

ドドドドド……。

数百人の大軍勢がやってきたらしい。

うおおおとどよめきもきこえる。

「む、まずい敵襲《てきしゅう》か」

「くそ、運のよいやつめ。こうなったら西村のほうをつかまえろ」

甲賀忍者《こうがにんじゃ》の山伏たちが、玄蕃《げんば》や曽良《そら》に打ち倒《たお》された伊達藩《だてはん》の侍《さむらい》たちを残して、音もなく境内からすうっと消えていくのを、わたしは、失いかけた意識のかたすみでぼんやり見つめていた。

「嵐子《らんこ》、嵐子、しっかりして！」

けんめいにさけぶ綺羅姫《きらひめ》の声が遠くにきこえた。


目が覚めたのは、それから一時《いっとき》（二時間）ほどあとのことだった。

気がつくと、わたしはかさねの家の母屋で、横になっていたのだ。

「ああ良かったあ」

綺羅姫が、ほっとしたようにいうと、すぐに抱きついてきた。

うっ……。

背中《せなか》がずきんと痛んだ。

「あ、ごめん。痛かった？　でも、さすが伊賀忍者《いがにんじゃ》の頭ね。なかなかしぶとい」

「わたし、斬《き》られたの？」

「ううん、杖《つえ》でぶたれただけ。打ち身だって。わたしの茶釜《ちゃがま》しょってたら、けがもしなくてよかったのにね」

「あんな重いのもってたら、戦う前にやられてました。べー」

わたしと綺羅姫がいいあいをしているのを、そばで、かさねが、びっくりしたようにみつめている。

「あ、かさねちゃん、気にしないで。このおねえちゃんたちは、これがいつものことだから」

そういって笑ったのは、曽良《そら》だった。

「ああ、目をさまされたんですねえ」

よく太ったおかみさんが、たらいをもってやってきた。

「嵐子《らんこ》さま、かさねを守ってくださってありがとうございました」

このおかみさんは、かさねの母親だという。

「いいえ、とんでもない。わたしたちまでかさねちゃんを怖《こわ》い目にあわせてしまいました。ごめんなさい」

「わたしたちを救ってくれたのは、仏《ほとけ》の五左衛門《ござえもん》さんなの」

綺羅姫《きらひめ》がいうと、むこうで芭蕉《ばしょう》の肩《かた》の手当をしながら五左衛門がうれしそうに笑った。

芭蕉のほうは、かさねをまもろうとしてざっくりと切られたのだ。

「五左衛門さんが軍隊をひきいてきてくれたのね」

「いいえ、やってきたのはこの五左衛門さん、おひとり」

「え、じゃあ、あの馬やほら貝の音は？」

「ヤマビコの術という、忍法《にんぽう》ですよ。伊賀《いが》のほうではありませんかね」

「さあ？　きいたことがありません」

もしかしたら、古い忍法にはあったかもしれない。

「じゃあ、かさねちゃんのおじいさまは、忍者《にんじゃ》なの？」

「いや、ただしくは隠密《おんみつ》です。それも水戸《みと》家の。わたしのお仲間というわけです。お会いしたのは初めてでしたが」

そういったのは曽良《そら》だった。

「やっぱり……」

水戸家は、天下の副将軍家として、幕府のなかでも大きな力をもっている。

曽良は、少し毛が生えた坊主頭をがりがりかいた。

「ええ、まあ。隠密のことは、ほんとうはバレてはいけないんですがね」

曽良こそが、隠密の諸国巡検使《しょこくじゅんけんし》だったのだ。

「それじゃあ、もしかして芭蕉《ばしょう》どのも？」

「いいえ、お師匠《ししょう》さまは、ただの俳諧師《はいかいし》ですよ」

「だって、あの身のこなしは……」

「ああ、いや、お師匠《ししょう》も伊賀《いが》の生まれですから、あれぐらいの体術は、子どものころからさんざんならっておりますよ。ひさしぶりに動いたから、からだがあっちこっち痛いってもうしてましたがね」

俳諧師《はいかいし》として、遠くへ出かけることも多い芭蕉《ばしょう》にとって、問題になるのはいつも路銀だった。というのも旅先ではなにかとお金がかかったからだ。

曽良《そら》は、水戸《みと》家の隠密《おんみつ》として各地を調べるのが仕事だ。

それで、旅をするお師匠さまにくっついて歩くのが、よい隠《かく》れ蓑《みの》になるという。

ここでも隠れ蓑……。

そのかわりに路銀も少し出してくれるので、芭蕉にとってもわるくないというわけ。

「それにしても、あのとき、五左衛門《ござえもん》さんはよくかけつけてくださいましたね」

「れいの権兵衛さんとやらが知らせてくれたみたいよ。わたしたちのあとを、伊達藩《だてはん》の侍《さむらい》たちがつけていると」

「え、あの少年剣士の?」

「そう。わたしのことを守ってくれる白馬の騎士よ。あ、馬にのってないみたいだけど。ああ、でもその剣士ってだれだろう。なやましい」

綺羅姫《きらひめ》がほおに手をあてた。

わたしにのどをつぶされた高林玄蕃《げんば》は、家来たちとともに幕府代官所の役人たちに引き渡されて、いまは東照宮に送られたそうだ。

そこで伊達藩《だてはん》が引き取りに来るのを待つという。

伊達藩に巣くう黒ネズミは、玄蕃だったのだ。西村源三郎は、この玄蕃と接触《せっしょく》しようとして、うしろに甲賀忍者《こうがにんじゃ》がいるのを知り、なぜか逃《に》げ出したようだ。

「あいつも伊賀《いが》の血をひく男だ。甲賀の味方はしたくないと思ったのかもしれませんや」

曽良《そら》のこの言葉が、たぶんほんとうなのかもしれない。

源三郎は、伊達藩との取引はやめるはずだ。

けれども、まだ、あの極秘の文書をもって逃《に》げているのはまちがいない。

なんとか見つけださないと。

それに甲賀忍者の山伏《やまぶし》たちも、源三郎を追っていったはずだ。

わたしの任務はまだ終わっていないのだ。

「これで、伊達藩のお取りつぶしは免《まぬが》れそう。でも、問題は、東照宮の修繕《しゅうぜん》よね。その莫大《ばくだい》なお金をどうやって捻出《ねんしゅつ》したらいいものやら」

綺羅姫《きらひめ》がためいきをつくと、曽良《そら》がにやっと笑った。

「それもなんとかなりそうですよ。道の普請《ふしん》ぐらいはお願いすることになるかと思いますが、大規模な工事は必要ないとの報告を江戸に送っておきました」

「それ、ほんと！」

綺羅姫がさけんだ。

「ああ、曽良って、いい男だわ。大好き！」

抱きつくような勢いでいわれた曽良は苦笑いしながら、

「べつに姫さまにほめていただかなくても、いい男だというのは、十分に承知しております。それに、わたしは、どちらかというとおとなしめの女の子のほうが好きですしね」

筆をだし、さらさらと一句かいて詠《よ》んでみせた。

かさねとは
八重撫子《やえなでしこ》の
名なるべし　（曽良）

すかさず芭蕉《ばしょう》がひざをたたく。

「すばらしい!　合格だ」

かさねとは、夏に咲く八重撫子《やえなでしこ》を思わせる名前だね。かわいいこの子にぴったりだ。

という意味だろうか。

むこうで、かさねがにっこりとほほえんでいた。

5　仙台の別れ（黒《くろ》羽《ばね》〜仙台）

あやめ草
足に結ばん
草鞋《わらじ》の緒《お》

さいわいなことにわたしの痛みはすぐにいえた。仏《ほとけ》の五左衛門《ござえもん》の湿布《しっぷ》薬がよくきいたのだ。まさに命の恩人《おんじん》である。

それでも、芭蕉《ばしょう》のほうはさすがにそうはいかなかった。

「刀傷《かたなきず》はちゃんと治さないといけません。はやく診てもらってくだされ」

五左衛門は、そういって旅をつづける芭蕉のために、馬まで用意してくれて、黒羽《くろばね》の入り口までかさねに送らせてくれた。

「帰り道は馬が知っているの、さようなら〜」

かさねが何度も手を振《ふ》りながら、馬にゆられてもどっていくのを、わたしたちは見送ると、木戸をくぐった。

この黒羽《くろばね》は大関藩《おおせきはん》の領地で、芭蕉《ばしょう》の弟子の桃雪《とうせつ》と翠桃《すいとう》がいる。

桃雪は、この黒羽で藩の城代《じょうだい》家老をしているというが、ここには城はなく、住んでいたのは大きな館だった。

門で、名乗ると、すぐに奥《おく》に通じて、二人の若者がかけだしてきた。

「お師匠《ししょう》さま〜、お懐《なつ》かしうございます」

「おお、ふたりとも元気そうでなにより」

「でも、お師匠さまはいかがされました？　そのなりは？」

「山賊《さんぞく》に襲《おそ》われて、背中《せなか》を切られたのだよ」

芭蕉は少しよろけながら、苦笑いした。

馬にのってきたとはいえ、やはり傷口が痛むのだろう。

「なんと……。ではすぐに医者を呼びます。ささ、奥へ。みなさんもどうぞ」

兄の桃雪がわたしたちにも声をかけて、館にあげてくれた。

芭蕉《ばしょう》は、俳号《はいごう》を変えるまでは、桃青と名乗っていた。

その桃《もも》の文字を与えたということは、このふたりは弟子の中でも特別な存在のようだ。

桃雪《とうせつ》と翠桃《すいとう》兄弟は、近いうちにたずねるという芭蕉の連絡をもらって、今か今かと待《ま》ちわびていたらしい。

わたしたちに用意された部屋は、芭蕉たちとの部屋に続く、館の奥《おく》のりっぱな客間で、畳《たたみ》も美しく、床の間にも菖蒲《しょうぶ》の花がいけてあった。

「わあ、庭もすてき」

綺羅姫《きらひめ》がいっていると、すぐにあから顔の奥女中が顔を出し、

「あのう〜、青葉屋のお嬢《じょう》さま、下女の方はどうされます？　厠《かわや》のわきに板の間の小部屋がありますます。ちょっとにおいますが……」

そうだった。しまった！

ここではわたしは、まだ米問屋の青葉屋の娘《むすめ》の下女ということになっているのだ。ふつう下女は、主とおなじ部屋に寝泊《ねと》まりはしない。

綺羅姫が、いたずらっぽそうな顔で、こちらをちらっと見て、それから、

「嵐子《らんこ》も、わたしと一緒《いっしょ》で、ここでよいです。いろいろ世話をやいてもらいますから」

奥女中はうなずくと、わたしにほほえんだ。

「やさしい主さまにおつかえできて、あなたも幸せね」

「はあ、ありがとうごぜえますだ……お嬢《じょう》さま」

わたしは、綺羅姫《きらひめ》のほうをにらみながら、そういうしかなかった。


それから十数日、わたしたちはこの黒羽《くろばね》の館にやっかいになった。

芭蕉《ばしょう》は、この館について、安心したらしい。きゅうに疲れが出たのか、背中《せなか》の傷《きず》のせいか、しばらく寝《ね》込んでしまったからだ。

先を急ぎたくても、自分たちだけでは旅はつづけられなかった。

その芭蕉も、傷がいえ、少し元気になると、足慣らしといいながら、翠桃《すいとう》に案内してもらって、さっそく近所をあるきまわり、さかんに句を詠《よ》んだ。

さらに少し離《はな》れた雲巌寺《うんがんじ》にも足を運んだ。

山奥《おく》にあるが大きなお寺で、門前には渓谷《けいこく》からの清流が音をたてて流れていた。

朱色に塗られた橋を、綺羅姫が遊びながら渡っていく。

そのうしろを歩きながら、

「ここは、仏頂禅師《ぜんじ》のゆかりの地なんだよ。ずっと前から一度はおとずれたいと思っていたお寺だ」

と、芭蕉《ばしょう》がおしえてくれた。

「仏頂……禅師《ぜんじ》ですか？」

「わたしが心から師と呼べるお方は、ふたりしかいない」

ひとりは芭蕉が子どものころにつかえた蝉吟《せんぎん》さま。もうひとりが仏頂禅師だという。

この禅師は、自分が住職をしていたお寺の裁判で、江戸に出てきて、深川に暮《く》らしていたとき芭蕉と知り合ったそうだ。

そのころ芭蕉は日本橋から深川に引っ越《こ》したばかりで、人生がいやになっていたらしい。

「お師匠《ししょう》さまがですか？」

意外な言葉に、わたしはきき返した。

「うん」

石段をのぼり、大きな門をくぐる。

むこうに、うっそうとした森の中にだかれるように寺の庫裏《くり》やお堂などがあった。

曽良《そら》と綺羅姫《きらひめ》が、仏殿におまいりしてくるといって、肩《かた》を並《なら》べて、境内を歩いていく。

「いや、人生がいやになったから、深川に引っこんだのだ。そもそものきっかけは甥《おい》の桃印《とういん》のことだった……」

伊賀上野《いがうえの》から出てきて、江戸の日本橋に住み始めた芭蕉《ばしょう》は、俳句《はいく》の世界ですぐに頭角をあらわしさかんにもてはやされるようになったという。

それで家への来客も増えたし、いろいろ忙《いそが》しくなったこともあって、お妾《めかけ》さんを置くことにしたそうだ。

嫁取《よめと》りをするとなると、家をかまえることになるので、一族の者とのつきあいやら、いろいろ手続きが面倒になる。それで正式な結婚《けっこん》をしない人も多かった。

芭蕉は遠くを見るような目で、西のほうを見つめた。

芭蕉のお妾さんは、おていさんといって、伊賀上野の人だという。

ふるさとにもどったときに人に紹介《しょうかい》されて、江戸につれてきたそうだ。

おていさんは、もとはお百姓さんのおかみさんで、まえのご亭主とは死に別れ、次郎兵衛という幼い男の子をかかえて暮《く》らしにこまっていた。

「おていは、まだ若くて、きびきび働く女子だった……」

江戸に出てきて、一緒《いっしょ》に暮らし始めて、すぐにおていに子どもができたという。

そしておまさという女の子を産んだ。

ところが、それが月足らずだったせいで、芭蕉《ばしょう》は、その女の子が、自分の子かどうか疑ってしまったそうだ。

「あ、コノハナサクヤヒメだ……」

わたしがつぶやくと、芭蕉は小さくうなずいた。

「そのころ、わたしは俳句《はいく》がうまく詠《よ》めなくなってむしゃくしゃしていたせいもある。それでおていをひどくなじってしまったのだ」

けれども、おていは、じっとがまんして、芭蕉につかえていたという。

そんなおていを、彼女と年の近い甥《おい》の桃印《とういん》が、よく励《はげ》ましていたらしい。

ところが、ある夜、芭蕉が句会の宴席から酔《よ》って帰ってきて、なにかのはずみで、その桃印をたたいてしまった。

句会で桃印が詠んだ句があまりに下手《へた》で、はじをかいたと芭蕉がせめたてたのだ。

「桃印は、俳諧《はいかい》の才能がない」

「え、お師匠《ししょう》さまの甥御《おいご》さんなのに？」

芭蕉は首を振《ふ》った。

「句は芸術だから、そもそも血のつながりなどは関係ない。桃印《とういん》も、俳諧《はいかい》などとくに好きでもなかったはずだ。それなのに、わたしの養子で、あとつぎであるというだけで、句会につれまわし、下手《へた》な句を詠《よ》めば、この芭蕉《ばしょう》の面汚《つらよご》しだとさんざんにけなした。それで思うこともあったにちがいない……」

十年ほどの前のことで、当時の芭蕉は、談林派とよばれる、ちょっとひとひねりしておかしみをつたえるような楽しい句を詠み、人気を得ていた。

でも、名を成すにはもうひとのび、なにかが足りないとあせっていたせいもある。

その翌日のことだった。

桃印とおていが、子どもたちをつれて、日本橋の家から出て行ってしまったのだ。

手に手を取っての駆《か》け落ちだった。ひとつ屋根の下で、つらい思いをしていたふたりは、いつしか互《たが》いに惹《ひ》かれるようになっていたのかもしれない。

「あのふたりを失って、わたしの心は乱れた。それで弟子の杉風《さんぷう》が、人里離《はな》れた深川の庵《いおり》を世話してくれたのだよ。そんなとき、仏頂禅師《ぜんじ》に出会ったのだ」

岸辺で、のんびり空を見あげていた禅師に惹かれ、話をしてすぐに、禅の心に傾倒《けいとう》してしまったという。

すべて捨《す》てて心を無にする。

するとこれまで感じられなかったことがすっと胸《むね》に入ってくるという。

「心を見つめるっていうことですか？」

「いや、そうではない。むしろ逆だ。人は生きていると、やれ、もうかっただの、人に嫌《きら》われたなど、そのたびに、よろこんだり泣いたりする。でも、一度、そんなことをさっぱりやめてしまう。するとこれまでと違《ちが》う世界に自分がいることに気がつく」

「違う世界？」

「朝、目が覚めた瞬間《しゅんかん》みたいな。そのとき、人はなにも考えていない。ただすがすがしいだけだ。これを無の境地というのかもしれない。日の光や鳥の声だけが聞こえる。でも、すぐにあれこれきのうのことなど思い出し、考えてしまうものだ。そのいちばんはじめの朝の気持ちでいることを、仏頂禅師《ぜんじ》はわたしにおしえてくれたのだよ」

それから、芭蕉《ばしょう》の句風はがらりと変わったという。

それまでの句は、どこかにウケねらいみたいな計算が入っていたそうだ。

でもそんな邪念《じゃねん》がなくなって、芭蕉の句は、これまでにない新しい風を俳諧《はいかい》の世界に呼びおこした。

弟子たちもさらに増え、しかも日本全国に及ぶようになったのもそれからららしい。

「おていにも、桃印《とういん》にも申し訳なくてな……。あのふたりはわたしのせいで、日陰者になってしまった」

お妾《めかけ》とはいえ、駆《か》け落ちはゆるされない。

「嵐子《らんこ》さまは、恋をしたことがおありか？」

いきなりいわれて、わたしはどきまぎしてしまう。顔があかくなったかもしれない。

すてきだなとひそかに思う男子はこれまでもいた。

でも、それが恋かといわれたら、違《ちが》うような気がする。

「わたしはある。ただひとりだけだけれど……」

たぶん、それがおていさんなのだろうか？

桃印は、今もおていさんと一緒《いっしょ》かしら？

「見つけたら、ふたりをゆるしてあげるの？」

「いや、ゆるしてもらうのは、わたしのほうだろう。生きているということは、ほんとうはたいへんなことだ。ときにもがき苦しむのも人。また笑いさざめくのも人。そんな人というものが、わたしはこのごろ愛しくてならない」

芭蕉《ばしょう》はそういうと、自分でも照れたのか、ふいに寺の奥《おく》へと歩き出した。

そのあたりは木立が濃《こ》く、肌寒《はだざむ》いくらいだった。

風の音もきこえない。しずかなところだ。崖肌《がけはだ》に、小さな庵《いおり》があった。

「ここが、仏頂禅師《ぜんじ》が修行したところだそうだ」

その仏頂禅師は、この雲巌寺《うんがんじ》で修行をし、江戸に出たあとは、いまは常陸《ひたち》の国のお寺で住職をしているという。

「会いたいでしょうね」

「ああ。わたしにとって禅師は、師であり、心の友でもあるからね。ただ、会わなくても通じ合えているから、よいのだよ」

芭蕉はそういうと、庵のまえにしばらくたたずんで、筆を出した。

木啄《きつつき》も
庵はやぶらず
夏木立

この庵《いおり》のまわりでは、多くのものたちが静かに修行をしていて、キツツキも遠慮《えんりょ》しているのか鳴くことはない。そんな意味の句だろうか。

見上げると、枝枝のさきの青空に、雲が流れていた。


その数日後、傷《きず》もすっかりいえた芭蕉《ばしょう》とともに、わたしたちは白河の関を越《こ》えて、仙台をめざした。途中《とちゅう》、芭蕉の弟子たちの家々を泊《と》まり歩く旅で、みながごちそうを用意してくれたりして歓待《かんたい》してくれたせいで、綺羅姫《きらひめ》などは、

「旅に出てやつれるどころか、これでは太ってしまうわ。お城についたら、奥《おく》女中たちと一緒《いっしょ》に廊下《ろうか》を走らなきゃ」

「それってみんなの迷惑《めいわく》になるんじゃないの？」

「やっぱり？」

そういいながら、綺羅姫はふいにうつむいた。

「明日で、嵐子《らんこ》ともとうとうお別れか……」

「さびしいですか？」

「ちっとも、ぜんぜん平気」

綺羅姫《きらひめ》はそういいながら、きゅうにわたしの手をとった。

「ただちょっとだけ泣く。あんたのことは一生、忘《わす》れないから」

「わたしも」

そういいながら、わたしも涙《なみだ》がこみあげてきた。

ただ綺羅姫《きらひめ》が泣いたのはこのとき一度きりだった。

仙台城下に入ると、

「芭蕉《ばしょう》、曽良《そら》、ありがとう。おかげで伊達藩《だてはん》六十二万石はつぶれずにすみそうです。藩士《はんし》、領民《りょうみん》になりかわってお礼をもうします」

綺羅姫はそういって頭を下げた。

それから芭蕉には自分が持っていた筆入れを記念にと渡し、さいごにわたしを見た。

「あとは、あなたのほうね。西村源三郎をみつけて、伊賀《いが》の領民を守ってあげてください」

「ありがとう」

「それでは」

綺羅姫は、小さく会釈をすると、旅の町娘《まちむすめ》の姿《すがた》のまま、広瀬川をわたり、大橋のたもとの番所へ声をかけた。

「すぐに片倉小十郎村長《むらなが》を呼べ。兄上の藩主《はんしゅ》、綱村《つなむら》さまにとりついでもらわなければならぬ」

「あ、あなたさまは？」

「綺羅姫じゃ、大殿からの伝言をもってまいったと兄上に伝えよ」

その威厳《いげん》のある声に番士たちは、あわてふためいた。

「しばし、おまちくださいまし」

番士のひとりがおおいそぎですぐわきの武家屋敷《やしき》に声をかけると、門からすぐに家臣たちが走り出てきた。

「これは、綺羅姫《きらひめ》さま……よくぞ、ご無事で」

「みなのもの、出むかえ、大義である。これから兄上に会うが、家老どもをそっこく、城の二の丸に呼び集めるように」

家臣たちはいっせいにひれ伏した。

「ははあ～」

綺羅姫は、重臣たちに命じ終わると、くるりとふりむいて、わたしに片目をつむってみせた。

それから、みなをひきつれるように、坂をのぼっていく。

先触れの知らせを受けたのか、むこうにそびえる大手門がぎいっと大きく開かれた。

城に入る綺羅姫は、もううしろを見ることはなかった。

千住《せんじゅ》を出て、一ヶ月ばかりたった五月四日のことだった。

仙台はちょうど端午《たんご》の節句をむかえ、家々の軒先には目にやさしいあやめがかざられ、町は、すこしはなやいでいた。

江戸で伝えられていたような、幕府にたてつこうという不穏《ふおん》な空気は、街角に少しも感じられなかった。

この土地にも、芭蕉《ばしょう》の弟子たちが何人もいて、その夜は大崎なにがしの家に泊《と》まり、翌日は、画家の北野加右衛門のところにやっかいになった。

「ああ、あなたが嵐子《らんこ》さまですね。たずねてきたお方がいて、手紙を預かっています」

「わたしがここにたずねてくると?」

「ええ」

加右衛門が渡してくれたのは、でも手下からのいつものつなぎではなくて、文だった。

ただし、書かれていたのは例の暗号である。

源平奥追

「……?」

でも、なんと書いてあるかはわからない。わたしの手下からのものではないようだ。

源は西村源三郎のことだろう。

……平って、源平なら平家？

「この近くで、平家のゆかりの地とかあります？　それとも平がつくような土地」

わたしは加右衛門にきいてみた。

「それなら、平泉《ひらいずみ》ではないでしょうか？　その侍《さむらい》は、平泉にむかうといってましたから、たぶん中尊寺《ちゅうそんじ》ですかな」

「お侍ですって？」

もしかして……。

わたしは、眉《まゆ》に指をあててきいてみた。

「こんなきりっとした眉の方ですか？」

「ああ、たしかに、顔の整った役者みたいなお侍でしたな」

じゃあ、やっぱりあいつか？

名無しの権兵衛さん。

わたしは、きゅうに身が引き締《し》まる思いがした。

どういう理由かわからないが、あの少年剣士も、西村源三郎を追いかけているようだ。そして手がかりをみつけて、きっとわたしに知らせてくれたのだ。

「では、わたしたちもまた明日から、奥州へむかいましょう」

芭蕉《ばしょう》がいうと、加右衛門はわらじを何足も出してきてくれた。

「これはかたじけない」

あやめ草
足に結ばん
草鞋《わらじ》の緒《お》

そんな句をさらりと詠《よ》んでみせる芭蕉だった。

6　おくのほそ道（松島〜平泉《ひらいずみ》）

夏草や
兵《つわもの》どもが
夢の跡《あと》

もともと、芭蕉《ばしょう》がこのみちのくへの旅を思い立ったのは、西行法師をはじめとする古人が歌に詠《よ》んだという名所旧跡《きゅうせき》をたずねたかったからだ。けれども、そういった史跡《しせき》の多くは茂《しげ》みにおおわれていたり、へたをすれば朽《く》ちて、あとかたもなく壊《こわ》れていたりした。

芭蕉はそのたびにかなしそうな顔をし、しだいに元気をなくしていったのだけれど、その目がひときわ輝《かがや》いたのが、仙台から塩竈《しおがま》へむかう途中《とちゅう》の多賀城だった。

そこに史跡『壺《つぼ》の碑《いしぶみ》』があったからだ。

仙台で加右衛門に絵図をもらい、それをたよりに昔から「おくのほそ道」ともよばれる木々の生い茂《しげ》る山道を歩いてきたのだが、この石碑《せきひ》は、古《いにしえ》から伝えられるままの状態で、木漏《こも》れ日の中にひっそりと立っていた。

千年の歳月を越《こ》えて、ただ、しずかに佇《たたず》んでいる。

それだけのことだが、芭蕉《ばしょう》は強く心を動かされたようだ。

目にうっすら涙《なみだ》さえうかんでいた。

「多賀城は奈良や平安のころまで、都の鎮守府《ちんじゅふ》があったところです」

つまり国の最前線基地がおかれていて、この先は当時の人にとって異国と同じだったのだ。

そんな時代から、多くの歌人たちの心を動かし続けてきた風景を、自分も味わっている。

そのことがほんとうにうれしかったのだろう。

のちに芭蕉は、この旅の日記みたいなものを紀行文としてまとめる。

その題名を『おくのほそ道』としたのも、たぶんこのときの感動によるものかもしれない。

さきへいそぎたい気持ちはあるものの、芭蕉が満足して歩き出すまで、さすがにわたしも声がかけれないぐらいだった。

「嵐子《らんこ》さま、気をつかわせてしまったな」

芭蕉はそういいながらも、満足そうな顔をしていた。

それから塩竈《しおがま》神社も参拝し、さらにすまなさそうな顔でわたしを見る。

「せっかくだから、この先の松島は海から入りたいんだが……」

日本の三大景勝地としてしられる松島を前にいい出した。

俳諧師《はいかいし》としての芭蕉《ばしょう》たちの旅の目的は、あくまで史跡《しせき》巡《めぐ》りなのだ。

「では船を雇《やと》いましょう。そうすれば、少しは早くまわれますからね」

曽良《そら》が提案したので、わたしは承知するしかなかった。

でも、潮風を感じながら、船は入り江沿いをすすみ、半島をこえて松島の島々が見えてきたときは、わたしも声がなかった。

こんな美しい風景はみたことがなかった。

きっと句の心がうずうずするだろう。

下手《へた》をすると、さらに数日はここですごさなきゃならなくなるかも。

そう思って、びくびくしながらきくと、芭蕉は、こんどはむずかしい顔をしている。

「このとほうもない景色を、たった17文字で表現できるだろうか？」

と、少しも句を詠《よ》もうとしない。

芸術家というのは、こうだからわからない。

わたしたちは松島につくと、茶店で一休みして、すぐ近くの瑞巌寺《ずいがんじ》へおまいりした。

この瑞巌寺は、伊達藩《だてはん》の初代藩主《はんしゅ》、政宗公が菩提寺《ぼだいじ》としてから、伽藍《がらん》などをつくりなおしたそうで、お寺というよりお城のような壮大なところだった。

芭蕉《ばしょう》と曽良《そら》はこの広いお寺にも、興味をそそられたのか、

「きょうは近所の久の助という宿を取っているから、嵐子《らんこ》さまは、疲れたらさきにお帰りください」

などといって、すみずみまで歩きまわるつもりのようだった。

わたしは、もう少し海風にあたりたくて、宿に荷物をおくと、浜のほうへ足を運んだ。

もっとも寺の建物や庭に興味があったのは、芭蕉だけで、曽良はべつの目的があったのかもしれない。

その晩、曽良が芭蕉にこんなことを告げていたからだ。

「あれだけ大きければいざとなったとき、要塞《ようさい》として使えますが、とくになにか用意しているということはなさそうでした。やはり伊達藩は、幕府とことをかまえるつもりはないのでしょう。水戸《みと》にもそう申しおくります」

「それはなにより。綺羅姫《きらひめ》にとってもね」

芭蕉《ばしょう》は、読んでいた松島の漢詩の本から顔を上げた。

隠密《おんみつ》としての曽良《そら》の仕事は、まだけっして終わったわけではなさそうだった。伊賀上野《いがうえの》のお家騒動《そうどう》ともいえる、西村源三郎のことはどう思っているのか……。

わたしは、怖《こわ》くてきけそうもなかった。


わたしたちが平泉《ひらいずみ》に入ったのは、それから三日後の五月十三日（現在の六月二十九日）のことだった。

ちょうど梅雨の真っ最中で、前夜、はげしい雨の中を一関《いちのせき》までやってきたのだけれど、この日はさわやかに晴れ渡っていた。

けがのためか、それとも少し疲れから持病が出たのか、ゆうべの芭蕉は、かなりへばっていたようだ。それでも、この旅で、もっともおとずれたい場所のひとつといっていた憧《あこが》れの平泉に出かけるとあって、今朝は元気そうだった。

「さあ、いきましょう」

と、わたしや曽良がまだ朝食を食べているうちから、せかしにくるしまつ。

「お師匠《ししょう》さま、平泉は逃《に》げやしませんって。きょうは、どうせここに泊《と》まりなんですから、少しはからだをやすめてください」

曽良《そら》にいわれて、しかたなさそうに肩《かた》をすくめているのが、ちょっぴりかわいかった。

それからゆっくり宿を出て、太陽がやさしく照りつける中をのんびり歩き、平泉《ひらいずみ》についたのはそれでも昼前だった。

この平泉は、平安の終わりのころに栄えた東北随一《ずいいち》の都だった。

当時の日本は、長くつづいていた貴族政治が終わりをむかえ、武士が台頭してきて、平氏と源氏が激《はげ》しく争う戦乱の世だった。そのため日本中が荒れていたのだが、この東北の地だけは、奥州の藤原家がおよそ百年あまり三代にわたって治め、しかも周辺に金がとれたことから、豊かで華麗《かれい》な文化を育んでいたのだ。

まさに黄金の都と呼ばれるにふさわしい土地をきずいていた。

ところが、平氏を倒《たお》し、鎌倉に幕府を開こうとしていた源頼朝が、戦闘《せんとう》の最大の功労者である弟の義経と仲違《なかたが》いしてしまった。その義経が、もともと縁のあったこの東北の都に逃《に》げてきたことで、平泉は、結局は頼朝の軍勢にほろぼされてしまうのである。

芭蕉《ばしょう》は北上川を見おろす館のあとに立ったり、義経が討《う》たれた衣川の激戦地を熱心に見て歩いたりした。それから藤原家が栄華《えいが》をきわめたときに建てたという中尊寺《ちゅうそんじ》をおとずれたりしたのだが、そのあいだほとんど口もきかなかった。

寺はさすがに手入れがされていたが、頼朝に滅《ほろ》ぼされた館のあたりや、戦闘《せんとう》の地は荒野のなかにうずもれていた。

「義経は、味方だと信じていた藤原泰衡《やすひら》によって襲撃《しゅうげき》されたんだ。そのとき、一番の家来の弁慶《べんけい》は、愛する主君を守ろうと奮闘《ふんとう》し、何十もの矢を全身に受けつつも、立ったまま亡《な》くなっていたそうだよ」

曽良《そら》が、当時の歴史をおしえてくれた。

それが有名な「弁慶の立ち往生」というものらしい。

「うらぎりがあったってこと？」

「そう、義経は、兄にねたまれ、さらに頼《たよ》ってきたこの地でも、信じるものに裏切られて死んだんだ。どんな思いをしたんでしょうね」

曽良の話をききながら、わたしは西村源三郎のことを思わずにいられなかった。

源三郎の父は、おそらく上司たちの裏切りによって、罪をなすりつけられ処刑《しょけい》されたのだ。

とうぜんに恨《うら》みはあるだろう。そのことを思うと、源三郎のことを憎むことはできなかった。

「あれ、お師匠《ししょう》さまは？」

「ほら、あそこだよ」

芭蕉《ばしょう》はふたたび草のおい茂《しげ》る高台に立って、川のほうを見つめていた。

夏草や
兵《つわもの》どもが
夢の跡《あと》

芭蕉がしずかに口にしたのがこの句だった。

かつての栄耀栄華《えいようえいが》を極めたものたちがみたであろうはかない夢のあとが、この生い茂る自然の中に眠《ねむ》っている。そんな意味だろうか？

「すべてが無情ですね？」

わたしがいうと、芭蕉ははっとしたように振《ふ》りむいて、

「いや、そうとも思わないよ。たしかにかつてこの地に英雄《えいゆう》、豪傑《ごうけつ》たちが生き、土地を栄えさせた。それがいまは跡形もなくなってしまったけれど、でも、その人たちが生きていたのは事実だ。その気配がそこかしこにするではないかね」

「えっ？」

幽霊《ゆうれい》でも漂《ただよ》っているのかと思って、そういうと、芭蕉《ばしょう》は笑った。

「いやいやいや。ただね、どんな人も、いつかは亡《な》くなる。それはこの世に生を受けた者の宿命だ。でも、だからといって生きていた証《あかし》がすべて消え去るということはない。人々の思い出の中に、だれかが書き残した文章や絵の中に、あるいは史跡《しせき》や土地、空気の中にも、そんな気配が残るものだ。それを思うと、すべてが愛おしく見えてくる」

「……」

「生きていればもがき苦しむこともあるはず。でも、それもまた人生。最後まで前をむいていたいものだ」

「どんなときも、ちゃんと生きなさいってことですか？」

わたしがいうと、芭蕉はふふっと笑った。

「そんなに肩《かた》を張らなくても。生きているっていうことだけで、もう十分。そしてときどきそんな日々を振《ふ》り返ってみるぐらいでよいのではないだろうか？」

「そうですか？」

「そう思うよ」

芭蕉《ばしょう》は小さくうなずくと、すっと河原のほうを指さした。

「どうやら、あそこにももがき苦しんでいる者がいるようだね」

みると、ふたりの侍《さむらい》を十数人の山伏《やまぶし》たちが取り囲んでいるのだ。

キーン！

打ち合う刀。

侍のひとりは、あの少年剣士。そしてその背中《せなか》を合わせるようにして、山伏と戦っているのは、あごのとがったやせた若者だった。

「おい、西村とやら、なぜわれらと組まぬ。おまえの望みをかなえてやろうというのに」

顔にすごい傷《きず》のある頭目が、ぐいっと手を差し出す。

「うるさい。おまえたち甲賀《こうが》は徳川の敵だろう。おれは城主や重臣どもにうらみがあるが、領民《りょうみん》たちは無関係だ。ふたたび戦乱の世をつくりだそうというおまえらに荷担《かたん》するものか！」

若者がさけんだ。

あの男が源三郎か……。

甲賀ものたちがついに源三郎をみつけ、文書を奪《うば》い取ろうと襲《おそ》いかかったのだ。

わたしは、懐《ふところ》からなえしをとりだすと、走り出していた。

なえしとは、刀の刃が苦手なわたしがかわりにいつも持ち歩いている護身用の細い鉄棒のことだ。

すぐに山伏《やまぶし》のひとりが、仕込み杖《づえ》でわたしに打ってかかる。

それを鉄棒で払いのけ、輪の中にはいった。

「西村源三郎さまでしょうか」

「うむ」

「伊賀上野《いがうえの》の城代《じょうだい》さまからの伝言がございます」

「なんだと……」

源三郎は、山伏と対峙《たいじ》しながら、

「今ごろ、城代がなんのようだ」

「西村さまの父上のこと、今一度、調べ直す。だから帰参せよと」

「ば、ばかな。……そんなこと信じるものか。もどればすぐに、口封じのために処刑《しょけい》するつもりだろう。だまされんぞ」

「いえ、まことです。あの米の貸し付け騒動《そうどう》の結末は、まだついていない。不正に、先代の城代さまもかかわっていたとあればあらためて罪に問うとのおおせ」

「先代の城代《じょうだい》はすでに亡《な》くなっているだろう。どうやって裁くのだ」

「罪あれば、お家、断絶に処すと」

「そ、それは……」

城代の良長《よしなが》さまは、賄賂《わいろ》をうけとったかどうかを重視して、もしも父親に罪があれば、自らの家をつぶすといったのだ。

「わたしの家も、それは同じです」

「おまえは?」

「先代の伊賀上野城主《いがうえのじょうしゅ》の藤堂采女《うねめ》は、わが祖父ですから」

「な、なんと……」

源三郎が、驚《おどろ》きのあまりに振《ふ》りむこうとした。

その一瞬《いっしゅん》のすきを山伏《やまぶし》が襲《おそ》った。

袖《そで》口を切られた源三郎の腕《うで》のあたりから、血がにじんできた。

そのとき少年剣士が、刀の背《せ》で、山伏の背中をたたくようにしてうちつけると、源三郎をかばうようにして、どーんと川のほうへ押し出した。

「源三郎、はやく逃《に》げろ! 甲賀《こうが》のやつらはわたしが引き受ける」

「か、かたじけない」

源三郎は、北上川の水をばしゃばしゃ蹴《け》りながら、上流へとかけていった。

それを追いかけようとする山伏《やまぶし》たちのまえに、曽良《そら》が躍《おど》り出て、両手を広げた。

「この先には、行かせないよ」

すでに数人の山伏たちを倒《たお》したあとで、曽良が不敵な笑みを浮かべる。

こう見えて曽良は、凄腕《すごうで》の忍者《にんじゃ》なのだ。

少年剣士は頭目に刀のきっさきをむけた。

「おい、おまえたち。人の領地の問題に首をつっこむのはもうやめろ」

「うるさい」

「それより自分の村に帰り、田畑を耕《たがや》したらどうだ。おまえたちは百年近く前に一度、滅《ほろ》んでいるのだろうに。その幻をいつまでも追いかけても始まらないんじゃないか」

「いうな、小僧。われら甲賀《こうが》一族はこの元禄の世で再興し、ふたたび世に出るのだ。その目的のためには手段はえらばん。おぼえておれ！」

甲賀の頭目はそういうと、倒《たお》れた仲間たちをひきずるようにしておこし、しこみ杖《づえ》をこちらにむけたまま、中尊寺《ちゅうそんじ》のほうへと下がっていった。

「しかし、これで源三郎の行方をまた捜《さが》さなければなりませんな」

曽良《そら》がいうと、少年剣士は、刀をしまいながらこたえた。

「源三郎は、出羽《でわ》（山形）の尾花沢《おばなざわ》にむかったはずです」

「どうしてそれを？」

「あいつの親戚《しんせき》がやっている道場の息子が、江戸での剣術仲間なんです。それでそいつからたのまれて、源三郎を説得してたんですが、山伏《やまぶし》たちにみつかってしまって……。やつは、尾花沢の先の天童《てんどう》のあたりにやはり剣術家の知り合いがいるようです」

俳諧師《はいかいし》たちが俳句《はいく》の世界で結びついているように、剣術家たちもいろいろとつながりがあるようだ。

「そうでしたか……」

それから、少年剣士はわたしにむかって、

「あなたが伊賀上野《いがうえの》のお姫《ひめ》さまとは存じあげず、失礼なことをもうしたかもしれません。すみません」

「いえ。権兵衛さま」

「ご、権兵衛？　ああ、あのとき名乗った名前か。おれ、いやわたしのほんとうの名前は……康《やす》命《のぶ》といいます。姓は勘弁《かんべん》してください」

康命と名乗った少年剣士は、照れたように笑った。

「おれでいいですよ」

「そ、そっか、それはたすかる。いいなれてないものだから」

「ふふ」

わたしは笑って、すぐに康命のようすがおかしいのに気がついた。話しながらも足もとをさかんにたしかめているのだ。

「もしかして、どこか切られたのですか？」

「だいじょうぶ。ただ、刀をよけたときに足をね、ぐきっとひねってしまったみたいです。ああ、くそっ、おれとしたことが……。ほんとうならやつらを追いかけ、退治したいところですが、どうにも走れないや」

康命はけんけんをしながら数歩ばかり歩いただけで、その場にすわりこんでしまった。

くやしそうに顔をしかめている。

「おい、曽良《そら》、ちょっと肩《かた》をかしておあげ！　とりあえず宿までひきあげよう」

芭蕉《ばしょう》の声が、川岸にひびきわたった。

7 山《やま》寺《でら》の天《てん》狗《ぐ》（尾《お》花《ばな》沢《ざわ》〜山寺）

閑《しずか》さや
岩にしみ入る
蝉《せみ》の声

「かるいねんざですね。たいしたことはないが、しばらくは、あまり動かさないように」

一関《いちのせき》の宿で呼んでくれた医者は、少年剣士〝名無しの権兵衛さん〟こと康命《やすのぶ》の足首を布でまき固定しながらいった。

数日は、歩いて旅をつづけるのは無理なようだ。

でも、西村源三郎の行方を知っているのは、康命だけだった。

「こうなったら馬をやといましょう。これで足りますか？」

康命がふところからむぞうさに五両を出した。

物価《ぶっか》の高い江戸でも、十両あれば一家四人が貧しいながらも一年食べていけるといわれているから、すごい大金だ。

「あなたさまはいったい……」

これにはそばにいた宿の主人も目をむいたが、どんなに借り賃をはずむといっても、出羽《でわ》の尾花沢《ばなざわ》までは遠すぎて、大事な馬を貸してくれるものなど一関《いちのせき》にはいなかった。

もっとも馬を買うとなれば、刀と一緒《いっしょ》で一頭、二十五両が相場である。

「くそっ、今、手持ちがない。じいのやつめ、だからもっとよこせといったのに、屋敷《やしき》に金はないとかぬかしおって……」

康命《やすのぶ》は唇《くちびる》をかんだ。

じい……。お屋敷……？　この少年はいったい……。

そのとき馬を数頭ばかりつれた男が、むこうからのんびり歩いてくるのが見えた。

宿の主人が、呼び止めてきいてみる。

なまりがつよくて何をいっているのかよくわからなかったが、宿の主人によると、

「馬市まで売りに来て、売れ残った馬をつれて岩出山までもどるところだそうですよ」

岩出山は、尾花沢までの途中《とちゅう》にある。

「それなら……」

曽良《そら》が馬飼《うまかい》と交渉《こうしょう》しだした。

はじめわたしたちの素性をあやしんだ馬飼だったが、芭蕉《ばしょう》が弟子の一人で、尾花沢《おばなざわ》で紅花問屋を営む鈴木清風《せいふう》の名前を出したとたんにころりと態度を変えた。

「鈴木清風さまをご存じで？　もしかすると松尾《まつお》さまは、あの有名な江戸の俳諧師《はいかいし》、芭蕉先生でしょうか？」

宿の主人は、目を輝《かがや》かせた。

「いや、わたしも拙《つたな》いながら、句を詠《よ》みましてね。清風さまとも昵懇《じっこん》なんですよ。お師匠《ししょう》さまの御名前もよくきいておりました」

それから、宿の主人が熱意をこめて説得してくれたのがきいて、馬飼は、わたしたちを馬にのせてくれるという。

わたしは、あとからくるかもしれない伊賀《いが》の手下たちのために、小さな手紙を宿の軒先にかくし、支度を済ませて外に出た。

馬飼の久助がひいていた馬は四頭だったが、一頭は自分用だというので、わたしは康命《やすのぶ》と一緒《いっしょ》にのることにした。

馬にのるのは得意だったけれど、男の人に横ずわりで前に抱えられてゆられるのは、はじめてのことだ。

「ほら、しっかりつかまって」

康命《やすのぶ》にいわれても、わたしは着物のどこをつかんでいいやらどぎまぎしてしまう。

「ところで、康命さまは、綺羅姫《きらひめ》さまのことをご存じのようでしたが、お知り合いなのですか？」

「まだ知らない。遠くで見ただけだからな。でもいずれ、だれよりもよく知ることになる」

「はあ？」

なぞなぞみたいだ。

「でも、あんなにおきれいな方とはまさか思いもしなかった」

康命は馬にゆられながら小さくためいきをついた。

「まるで天女さまのようで……。そのお相手がおれみたいながさつなやつだと知ったら、姫はがっかりされるだろうか」

「……なにをひとりぶつぶついってらっしゃるの」

そのとき、わたしは思い出した。

「もしかして、康命さまは江戸のお住まいとうかがいましたが、膳所藩《ぜぜはん》の上屋敷《かみやしき》ですか？」

「えっ、なぜそれを？」

康命《やすのぶ》はひどくあわてて、馬から落ちそうになった。

わたしは、思わずくすっと笑ってしまった。

この少年剣士こそ、綺羅姫《きらひめ》の未来の夫になる膳所藩《ぜぜはん》の若殿《わかとの》、本多《ほんだ》康命だったのだ。

「なあ、綺羅姫ってどんなお方なんだろう？　嵐子《らんこ》さまも一緒《いっしょ》に旅されていたからよく知っているだろ、おしえてくれ」

「お茶がお好きで」

「うんうん」

「疲れても、くじけず、みなを励《はげ》まし、いたわりながら歩かれておいででした」

「なんという可憐《かれん》……」

たしかに見た目は、あんなに美しい姫はいないだろう。

ただし、重たい茶釜《ちゃがま》をいつも持ち歩き、すぐに疲れたと文句をいい、だれよりもにぎやかだったことは伏《ふ》せておいた。これも武士の情け、いや姫の情けというやつだ。

婚姻《こんいん》までは、この婿殿《むこどの》に、せめて夢をみさせておいてあげよう。

「源三郎とは、江戸の道場で知りあったのだ」

康命《やすのぶ》の小姓で、剣術仲間でもある西村慎吾《しんご》が源三郎の従兄弟《いとこ》だという。

「やつが慎吾をたずねてきてね……」

そのときは、康命は源三郎と竹刀をまじえただけだったが、あとで慎吾が青い顔をしてたので問い詰《つ》めると、源三郎の野望を口にしたのだという。

膳所藩《ぜぜはん》にある慎吾の父親の道場は、藩の重臣たちも通っている大きな道場で、その道場の親類が日本を揺《ゆ》り動かすような他藩のお家騒動《そうどう》に深く関係していると知ったら、膳所藩にも影響《えいきょう》が及ぶ。

「しかもやつのむかった先は伊達《だて》藩。おれの許嫁《いいなずけ》の綺羅姫《きらひめ》の家だ。それに、いまは膳所にもどっているが、芭蕉《ばしょう》どののお弟子の菅沼曲水《すがぬまきょくすい》だが、彼もおれの兄弟子でね」

こんなに何本もの糸が自分と結ばれているのだ。こうなったらほうっておけないと、康命は江戸を飛び出してきたという。

大名の、とくにあとつぎは江戸に住むのがきまりだった。これは一種の人質でもあって、やぶればたいへんなことになる。康命が名乗りを上げなかったのも当然だった。

でも、無鉄砲な若さまよね……。

このごろの武士は、勉強ばかりしてるか、剣術ばかか、お菓子などを食べ過ぎてからだをこわしているかのいずれかみたいな感じになっているが、この康命《やすのぶ》は違《ちが》うみたいだった。

ちょっぴり綺羅姫《きらひめ》がうらやましかった。

わたしが、姫の未来の夫と同じ馬に揺《ゆ》られているなんて知ったら、どうなることやら。

秘密にしておいたほうがよさそうだ。

それにしても、馬をやとったのは正解だった。

というより、馬飼《うまかい》の久助と一緒《いっしょ》でよかった。

平泉《ひらいずみ》から岩出山までは、山道が多く、しかも途中《とちゅう》の崖《がけ》が雨でくずれて、通行止めになったりしていたのだ。久助がいなかったら迷子になっていたかもしれない。

「ほんとうは平泉のあとは、お師匠《ししょう》は西行法師の足跡《そくせき》をたどって津軽をまわるつもりだったんですけどね」

とは、曽良《そら》の話である。

「それが宮城にもどって、尾花沢《おばなざわ》にむかうことになるとは。清風《せいふう》さんもとつぜん師匠があらわれたら、さぞびっくりするでしょう」

この日、わたしたちは十五里（六十キロ）もすすみ、その晩は岩出山の久助の家にやっかいになった。歩きなら、さすがに一日ではむりだったはずだ。

曽良《そら》が馬の借り賃と宿代をはらおうとすると、久助の息子が出てきて、

「おとっつあんは、お代はいらないそうです。ただ、清風《せいふう》さまに岩出山の久助に世話になったといってくだされ」

尾花沢《おばなざわ》の島田屋といえば、このあたりまで名前が聞こえる豪商《ごうしょう》で、馬飼《うまかい》もこづかいを稼《かせ》ぐよりも、恩《おん》を売ったほうがあとあと得すると踏《ふ》んだらしい。これもひとつの商売である。

だが旅の難所《なんしょ》は、その先に控えていた。それも思いがけないところで。

一日、足を動かさなかったせいで康命《やすのぶ》の足はだいぶ回復したようだが、それでも岩出山のふもとから鳴子《なるこ》、さらに尿前《しとまえ》の関所までは籠《かご》をつかった。

その関所に入る前に、取り調べがめんどうになるからと、

「ここはあっしにまかせて」

と、曽良が芭蕉《ばしょう》には、めだたないようくたびれた旅の修行僧《しゅぎょうそう》の法衣をきせ、康命とわたしには旅芸人のかっこうをさせた。

若い男女の旅姿《たびすがた》だと、かけおちものと疑われるかもと思ったのだが、関所の役人たちの前でなにか芸をしろといわれて、わたしが綱渡《つなわた》りをしてみせたら、やんやの喝采《かっさい》をあびてしまった。忍《にん》者《じゃ》としては、子どもだましみたいな初歩の術だったが、役人たちは「尾花沢の島田屋によばれた

旅芸人」というわたしたちのいい分をすんなり信じて、通してくれたのだ。

ところが、芭蕉《ばしょう》と曽良《そら》がつかまってしまったのである。

お坊さまは、だれしも敬う存在で、風貌《ふうぼう》からも芭蕉なら修行僧《しゅぎょうそう》として通用しそうだったが、なかなか出てこない。

「どうしたんだろう?」

わたしと康命《やすのぶ》が心配していると、役人たちに乱暴にひったてられて、芭蕉たちは牢に入れられてしまった。

びっくりして、わたしが牢に忍《しの》びこみ、わけをきくと、

「いやあそれが……」

曽良が頭をかいてみせた。

このごろ坊さんと称して、そこかしこに押し入る強盗《ごうとう》が増えている。それで荷物を調べたところ、芭蕉の風呂敷《ふろしき》から、うるしの筆入れがでてきたのだ。しかもそれには伊達《だて》家の紋章がついている。わかれぎわに綺羅《きら》姫《ひめ》からもらったものだ。

尿前《しとまえ》の関は、伊達藩《はん》の領内である。藩主《はんしゅ》家に関係するような由緒《ゆいしょ》あるものを、こんなこじき坊主みたいな男がもっているはずがない。きっと泥棒《どろぼう》だろう。芭蕉はそう疑われたのだ。

でも、曽良《そら》は天下の副将軍、水戸《みと》家の隠密《おんみつ》だし、芭蕉《ばしょう》にしても、綺羅姫《きらひめ》との旅は秘密の旅だ。中し開きもできようがない。

芭蕉は、取り調べのとき、役人にぶたれたらしく、ほっぺたが少し腫《は》れていた。

「お師匠《ししょう》さま、もうちょっと辛抱《しんぼう》しててください。夕暮《ぐ》れになったら、助けに来ますから」

わたしは、そういうしかなかった。

さらに追い打ちをかけたのが、その日の宿だった。

なんとか牢抜《ろうぬ》けをさせたが、役人に追われるかもしれない。そう思って、宿屋ではなく、山を越《こ》えた小さな里の家にやっかいになることにしたのだけれど、夜更けに雨の中をぼろぞうきんのようになってころがりこんできたわたしたちを怪《あや》しんで、

「馬小屋でよければ寝《ね》ていきな。ただし宿賃はいただくよ。四人で一両だな」

と、法外な値段をふっかけてきた。ふつうの旅籠《はたご》の十倍である。

しかもその馬小屋がひどかった。数頭いる農耕馬のまわりにむしろを敷《し》いただけのもので、すぐまじかで馬が糞《ふん》やおしっこをたれながすものだから、くさくてうるさくて眠《ねむ》れやしなかった。

「うっ、ノミがいるかも」

曽良がむこうで背中《せなか》をかいている。

夜明けがこんなに待《ま》ち遠しいのは久しぶりだった。

眠《ねむ》れなくて、となりで丸くなっている康命《やすのぶ》の背中《せなか》を指でつんつんとつついてみた。

すると、康命がくすっと笑った。

「なにかおかしいのですか？」

「いやあ、こんなにひどい目に遭《あ》うと、この先がたのしみだなって。天国のあとは地獄というだろ。だったらその逆もあるはず」

康命はわりと楽天家のようだ。綺羅姫《きらひめ》とはけっこう気が合いそうだった。


その康命の予言はあたった。

尾花沢《おばなざわ》についたのは五月十七日（七月三日）。

木々の葉があやしく生い茂《しげ》る山刀伐峠《なたぎりとうげ》をなんとか越《こ》えて、昼下がりに山道をおりていったわたしたちは、一面に咲き乱れる紅花草に思わず歓声《かんせい》をあげた。

黄色や赤の紅花が、夏の日差しに美しく輝《かがや》いていた。

アザミに似《に》た可憐《かれん》な花だ。ちょうど花摘《つ》みの真っ最中なのか、若い娘《むすめ》たちが隊をなして、歌いながら働いている。

紅花は、口紅や着物の染料、さらに油もとれる。しかもとくに出羽《でわ》の国でつくられる紅花でつくった紅は、小町紅ともよばれ、このごろ江戸だけでなく、伊賀《いが》の田舎あたりでも娘《むすめ》たちの憧《あこが》れのまとだったのだ。

鈴木清風《せいふう》は、その出羽《でわ》でも指折りの豪商《ごうしょう》だった。

「お師匠《ししょう》さま、よいときにおいでくださった。昨日の雷雨で梅雨明けですから、きょうから花摘《つ》みが始まったところなんですよ」

芭蕉《ばしょう》は旅立つ前に、近いうちにたずねるという手紙を出していたようで、清風は準備万端ととのえて待っていたらしい。芭蕉のために、紅花畑の一角に家まで新築してあった。

「ゆっくり骨休めをしてください」

「こ、こんなにしてくれて、すまぬ」

芭蕉が恐縮《きょうしゅく》していると、清風はおおらかに笑った。

「お師匠がつかわれたあとは、お寺に寄進いたしますから、気にしないでください」

それから、翌日、わたしと曽良《そら》は、芭蕉にまだ足のけががなおらない康命《やすのぶ》をあずけて、西村源三郎の行方をさがしに天童《てんどう》のほうまでさぐりにいった。

天童まではおよそ七里（二十八キロ）ほど。

忍者《にんじゃ》のわたしと、隠密《おんみつ》の曽良《そら》だけなら、朝たてば夕方までには往復できる。

天童《てんどう》は、将棋《しょうぎ》の駒《こま》の産地として知られるようになったが、もとは武士たちが内職のために始めたのがきっかけだそうだ。

街道にはその将棋の駒を売る土産屋なども立ち並《なら》んでいたが、町道場みたいなものは見当たらなかった。

小さな藩《はん》で、お城もなく、藩庁《はんちょう》は天童陣屋《てんどうじんや》である。門構えのしっかりした屋敷《やしき》だが、建物だけなら、豪商《ごうしょう》の鈴木清風《せいふう》の館のほうがひとまわり大きいかもしれない。

「もしかしたら陣屋に、藩士《はんし》たちの道場があるかもしれませんね」

曽良の予想通り、夕暮《ぐ》れを待って陣屋に忍《しの》びこむと、どこかで竹刀を打ち合わせる音がきこえてきた。

「やっぱりありましたな。嵐子《らんこ》さま、道場ですぜ」

井戸の近く小さな建物を指さしながら、曽良がささやいた。

格子窓からのぞくと、白髪《はくはつ》の小柄な老人が、ひとりの若者と竹刀をまじえていた。

若者は、ときおり「えい」とか「やー」と声を発しながら、老人のまわりをうごきまわり、するどく竹刀を振《ふ》るが、老人はそれをすいっと簡単にかわしていく。

この若者も決して腕《うで》は悪くなさそうだが、それでも老人とは剣術の格がちがうのは一目瞭然《りょうぜん》だった。勝負はそれから一瞬《いっしゅん》でついた。

若者が胴《どう》をねらって飛びこんだとき、電光石火のうごきで、その竹刀が宙を飛んだのだ。

老人の竹刀が、若者の竹刀にへびのようにまきつき、そのまま巻き取るよう搦《から》め取ったのだ。

「ありがとうございました」

若者がすぐにその場で正座して、礼を言った。

そのとき、老人がわたしたちのほうへ顔をむけた。

「なにようかな」

こうなればへんに隠《かく》れることもない。

わたしは道場にあがりこむと、西村源三郎のことを思いきってたずねてみた。

「伊賀上野藩《いがうえのはん》の藤堂嵐子《らんこ》と申します。西村源三郎というわが藩の脱藩士《だっぱんし》をさがしております。お心当たりがあればおしえてくださいませ」

藩を無断で脱藩するのは犯罪だった。さがしてつかまえることは、ゆるされていたが、みだりによその藩の領内を騒《さわ》がせてよいわけではない。

またその藩の領内の警察権《けいさつ》はとうぜんその藩がもっているから、許可ももらわなければいけなかった。

老人は塚原左膳《つかはらさぜん》と名乗った。この道場の師範《しはん》だという。

「おじょうさんは、窮鳥懐《きゅうちょうふところ》に入れば猟師《りょうし》も殺さずのことわざを知っているかね」

助けをもとめて飛びこんできた鳥は、哀《あわ》れんで猟師《りょうし》も殺さないという意味のものだ。

わたしが顔をあげると、塚原《つかはら》という老人は小さくうなずいた。

「それがわしたちの返事だ。お引き取り願おうか」

やはり源三郎はここにたずねてきたらしい。

そして道場では、どこかにかくまったということなのだ。

「わたしは西村源三郎と話をしたいだけです。なんとか会わせていただくわけにはいかないでしょうか？」

「くどい」

老人はそういって立ちあがり、

「お客さまたちを陣屋《じんや》の外までお送りしろ」

と、若い門弟に命じた。

「それで、すごすごもどってきてしまったのか?」

尾花沢《おばなざわ》で待っていた康命《やすのぶ》があきれたようにいった。

「だって……」

わたしはむっとしていい返した。

「すっごい頑固《がんこ》そうな先生だったのですよ」

「ああ〜、ねんざさえしてなきゃ、おれが道場破りでもして、無理にでもききだしたものを」

康命がくやしそうな顔をすると、曽良《そら》が声もなく笑った。

「なんです、曽良さん、おれが勝てないとでもいうの?」

「さてね……あっしのみたところ、あのお弟子さんもかなりの腕前《うでまえ》かと」

「弟子のほうでもそうか……。じいさん、そんなに強いんだ。田舎道場と思ってばかにしたらいかんなあ」

そういって康命は唇《くちびる》をかみ、わたしにごめんとあやまった。

こういう素直なところは、これまで知っている男の子たちとぜんぜん違《ちが》う。

「じゃあ……源三郎の行方をどうやってつきとめようか」

伊賀上野《いがうえの》城の事件は、近江《おうみ》の膳所藩《ぜぜはん》をまきこんでしまったのだ。

申し訳なくて、わたしは自分ができることならなんでもするつもりだった。

「天童《てんどう》の道場をたずねるというほか、なにかきいていませんか？」

わたしがきくと、康命《やすのぶ》は首を横に振《ふ》った。

「それがぜんぜん。あいつが道場の主と知り合いということしかきいていない」

「こまりましたね」

「こまった……」

そのとき縁台から紅花畑をみおろしていた芭蕉《ばしょう》が、お茶をのみながらぽつりといった。

「剣術にも攻めるときとひくときの呼吸が大切なのでは？」

「えっ？」

わたしと康命は顔を見合わせた。

「嵐子《らんこ》さまがだまってひきあげてきた。となるとつぎにうごくのは道場の先生のほうでしょう。曽《そ》良《ら》、少しはりついてみたら？」

「なるほど……。さすがはお師匠《ししょう》さまだ」

曽良は膝《ひざ》をぽんとたたいた。

でも、その後も手がかりらしいものはなにもなかった。

道場の床下にもぐりこんでいる曽良《そら》の話では、あの塚原《つかはら》という道場主は、毎日のように弟子たちのけいこをつけているが、陣屋《じんや》の中にある自宅と道場を往復するだけだそうだ。ひとり暮《ぐ》らしで、女中も置かず、家のことは弟子たちが交代で世話をしているという。

こんなことなら、陣屋に女中として住みこみで働くとかすればよかったかもしれない。でも、先にのりこんでしまったので顔がばれてしまっていてはできっこなかった。

「それだったら、おれが……って、それはさすがにだめか。男だからな」

康命《やすのぶ》がいったので、わたしが、

「あ、でも、康命さまならイケるかも。お化粧《けしょう》の道具、貸してあげましょうか？」

「女装しろってこと？　え、やめてくれ」

「ものはためし、やってみましょうよ。紅なら、ここにたくさんあるんだし」

尾花沢《おばなざわ》の紅花でつくった口紅を、鈴木清風《せいふう》から、わたしも何個かもらっていたのだ。

「ね、ね、ね、ね」

「やだってば……」

わたしと康命がもみあっていると、芭蕉《ばしょう》が家にもどってきた。

朝の句会に出ていたのである。

俳諧師《はいかいし》・松尾芭蕉《まつおばしょう》の名前はここでもとどろいていて、あらたに弟子入りする人たちも参加しての句会が、連日のようにあり、芭蕉はさすがにおつかれのようだった。

まゆはきを
おもかげにして
べにの花

句会のひとつで詠《よ》んだのがこの句だ。まゆはきは、白うさぎの毛でつくった刷毛《はけ》で、おしろいをつけたあとのまゆをぬぐうものだ。

一面に咲き乱れる紅花畑を見ていると、化粧《けしょう》をする女の人のことが思い浮かぶ。そんな意味の句だ。たぶんその女の人って、芭蕉の近くにいた、たったひとりの女性おていさんのことだろう。その面影をおいながら、詠んだのかもしれない。そう思うと、ちょっと切なくなる。

「ところで康命《やすのぶ》さま、足の具合はいかがですか？」

芭蕉は外出着のまま、声をかけてきた。

「もうすっかりよいです。いくらでも歩けますよ」

「それならよかった。では、これからみなで山寺《やまでら》にでかけよう」

山寺は、天童《てんどう》からさらに数里はなれた立石寺のことだ。

比叡山の別院として建てられた古いお寺だった。

「はあ……今からですか？」

足ならしにしては、けっこう遠い。

「あそこの壁《かべ》には洞窟《どうくつ》がたくさんあるそうだ。ちかごろそのあたりで天狗《てんぐ》がでるとか……」

朝の句会で、ききつけてきたらしい。

わたしは、はっとして顔をあげた。

「それが西村源三郎でしょうか？」

「あるいは甲賀《こうが》ものかもしれんが」

天童藩《てんどうはん》の侍《さむらい》たちも、数日前からときどき顔を出しているという。

藩ともゆかりのあるお寺なので、藩士《はんし》たちが出入りするのも、めずらしくもない話だが、ときどきその洞窟のほうで剣術のけいこをしているとなると、話は別だ。

芭蕉《ばしょう》は、句会に参加しながらも、ひそかに情報をあつめてくれていたらしい。

「このところ持病が悪くてね、少しぐうたらさせてもらってすまないことをした。だが、わたしも、もう大丈夫《だいじょうぶ》だ。清風《せいふう》に頼んで馬を出してもらおう。そうすればむこうには昼過ぎには着くだろう」

お師匠《ししょう》さまも、体調が悪かったのか……。

源三郎の行方をさがすのは曽良《そら》にまかせきりで、気にする様子もなく、のんびり句を楽しむ芭蕉《ばしょう》を見て、少し不満だったわたしは、だまって頭を下げた。

山寺《やまでら》は広大な境内をもったお寺だった。

日本の仏教界の本山のひとつ比叡山とも縁が深く、修行する僧も多く、院は二十ほど、宿坊も四十もあるそうだ。

山の上にある奥《おく》の院までは千段以上の階段をのぼっていかなくてはならず、治ったとはいえ足をいためている康命《やすのぶ》にはきつそうだった。ときおり立ち止まり、顔をしかめたりしている。

けれども、肩《かた》を貸そうというと、女子の世話はいらないなどとつよがってみせる。

奥の院のあたりは、ヒノキの巨木が立ち並《なら》び、うっそうと葉を生い茂《しげ》らせていた。

風もない夏の昼下がりで、ただ、そこかしこでやかましく鳴くチィチィ、ジージーというニイニイゼミの声だけがきこえる。

それがかえってあたりの静けさをきわだたせていた。

閑《しずか》さや
岩にしみ入る
蝉《せみ》の声

芭蕉《ばしょう》がのちにこの旅の記録として「おくのほそ道」を出版したときに、石段を一歩ずつのぼりながら、かつて自分の仕えていた若殿《わかとの》の蝉吟《せんぎん》のことを思い出して、山寺《やまでら》で詠《よ》んだというこんな句をのせている。

でも、いつその句を詠んだのか、そのときのわたしは少しも気づかなかった。

芭蕉と曽良《そら》、わたしと康命《やすのぶ》が手分けして山の頂のあたりの崖《がけ》をさがしていたとき、とつぜん崖のあたりから、おおぜいの天狗《てんぐ》のようなものたちが、岩肌《いわはだ》をとぶようにあらわれ、わたしたちのそばを駆《か》け下りていったからだ。

すれ違《ちが》う瞬間《しゅんかん》、天狗のひとりがわたしの頭にむかって錫杖《しゃくじょう》をうちすえてきた。

「嵐子《らんこ》、あぶない」

康命《やすのぶ》がわたしをつきとばし、剣を抜《ぬ》き、
カキーン！

と、はねとばしてくれなければ、わたしは命をおとしていたかもしれない。

それぐらいするどい天狗《てんぐ》の一撃《げき》だった。

天狗は「くわっ」と一声叫ぶと、そのまま、一挙《きょ》に崖《がけ》から身をなげた。

両腕《りょううで》をひろげ、絶壁《ぜっぺき》から滑空《かっくう》するように、つぎつぎ飛び降りていく天狗たち。

まるで大鴉《おおがらす》の群れをみているようだった。

わたしは呆然《ぼうぜん》と見送るしかなかった。

と、康命が近づいてきて、わたしの頭をひとつ小さくこづいた。

「ばか、蝉《せみ》なんかに気をとられてるんじゃない」

「ごめん」

「いまのは甲賀《こうが》の頭目だ。一撃《げき》必殺で、おまえをねらってきたんだ」

「え、気がつかなかった。あ、ありがとう」

「なに、ぼけっとしているんだよ」

と、康命はしかりとばすようにいうと、いきなりわたしを抱きしめた。

「え、なに……？」

どきまぎしているわたしに、康命《やすのぶ》は真顔で、

「こんなとこで死ぬんじゃないぞ」

とだけいい、すぐにからだをはなすと、崖《がけ》のほうを見上げた。

「あ、あそこの洞窟《どうくつ》のわきに縄《なわ》がある。いってみようか」

「うん」

わたしは小さくうなずいた。

抱きしめられて、まだ鼓動《こどう》がおさまっていなかった。だって康命は、綺羅姫《きらひめ》の夫になるお方なのだ……。

それでも、康命につづいて、洞窟に入ったわたしはすぐにべつの神経をはたらかせなければならなくなった。

うめき声がきこえてきたのだ。

気持ちをはりつめながら、ゆっくり足を運ぶ。

すると洞窟の途中《とちゅう》に風穴でもあるのか、奥《おく》のほうは薄《うす》明るい。

地面にだれかがうずくまっている。

みると、若い侍《さむらい》だった。あの天童藩《てんどうはん》の陣屋《じんや》の道場でみかけた藩士《はんし》だ。

さっきの天狗《てんぐ》たちにやられたのだろう。若い藩士は、

「に、西村どのが……」

と、さらに奥の方を指さした。

手探りに近づいてみると、首をがっくりおとした西村源三郎が、ざんばら髪《がみ》のまま、しばりあげられ、天井からつるされていた。

縄《なわ》を切ってすぐに床に下ろす。どさっと床に落ちてきた源三郎は声ひとつあげなかった。

でも、康命《やすのぶ》が背中《せなか》に活を入れると、すぐにうめき声をたてた。

「と、桃印《とういん》が……」

「おい、しっかりしろ」

康命がゆさぶり、もってきた竹筒の水を飲ませると源三郎がとぎれがちに答えはじめた。

「ぶ、文書は、と、桃印が……。桃印を救って……くれ」

甲賀忍者《こうがにんじゃ》の天狗たちにさんざんたたかれ、痛めつけられてはいたが、さすがに修行を積んだ剣術家だった。命には別状はなさそうだ。

天狗たちは、わたしたちがのぼってくるのに気がつき、あわてて逃《に》げ出したらしい。

すると入り口のほうから芭蕉《ばしょう》の声がきこえた。

「桃印《とういん》はどこにいるのだね」

「が、月山《がっさん》に……」

月山は、修験道の霊山《りょうぜん》として知られる羽黒山三山のひとつで、その奥《おく》地に秘湯があり、そこで桃印は療養《りょうよう》しているのだという。

「桃印は病気なのか？」

芭蕉がきくと、西村源三郎はうなずいた。

「女や子どもは一緒《いっしょ》なのか？」

「いや、桃印はひとりだ」

「……そうか」

芭蕉は、おていさんのことを気にしているのだろう。

源三郎はどんなに折檻《せっかん》をうけても、桃印が文書をもって月山に隠《かく》れていることをいわなかったのだが、天童《てんどう》から様子を見にきた藩士《はんし》が甲賀忍者《こうがにんじゃ》の天狗《てんぐ》たちにつかまってすぐに白状してしまったのだ。

「遅かったか……」

芭蕉《ばしょう》が天を仰《あお》いだ。

「も、もうしわけございません」

意識を取りもどした藩士《はんし》が、その場で泣きながら土下座をした。

「だが、桃印《とういん》が隠《かく》れている秘湯は、なかなかみつかる場所ではない。いそげばまだ間に合うかもしれぬ。おれが案内しよう」

源三郎は、そういいながらよろよろおき上がった。

8 雷鳴《らいめい》（月山《がっさん》〜越後路《えちごじ》）

荒海《あらうみ》や
佐渡によこたふ
天の河

山寺《やまでら》で西村源三郎を見つけ出したわたしたちは、山伏《やまぶし》に扮《ふん》した甲賀者《こうがもの》たちを追うようにして、その翌朝、月山へむかった。

さんざん世話になった尾花沢《おばなざわ》の鈴木清風《せいふう》に挨拶《あいさつ》もしないで、離《はな》れるのがもうしわけなかったが、清風のおもてなしで、おかげさまで心からくつろぐことができましたと、感謝《かんしゃ》をこめた一句を街道でしたためて、芭蕉《ばしょう》も先をいそいだのだ。

甥《おい》の桃印《とういん》のことがそれだけ気にかかっていたのだろう。

だが山のほうに降った雨で、最上川が増水し、道が通れないと、途中《とちゅう》、大石田や新庄で足止めされてしまった。

宿でこまっていると、江戸で有名な俳諧師《はいかいし》の芭蕉《ばしょう》がこの地にきていると、うわさになって土地の名士たちがあいついでおとずれてきて句会をせがんだ。

芭蕉も、曽良《そら》も、ことわることもできなくて、「情報集めになるかも」などといいながら、さかんに連歌の会や句会に顔を出した。それにしても俳句《はいく》の世界に新しい風をおくりこんだとされる芭蕉の人気のすごさをあらためて知らされたわけである。

しかもそのおかげで、道が開けた。

新庄からわずかに離《はな》れた本合海《もとあいかい》の港から、最上川下りの船が出るときいて、江戸のえらいお客がさきをいそぐから乗せてやれと、句会で知り合った風流という地元の名士が、船宿にかけあってくれたのだ。

満員の船の中でも真ん中の良い席を用意してもらって、一気に川を下ることができた。

五月雨《さみだれ》を
あつめてはやし
最上川

芭蕉《ばしょう》のこの句でわかるように、まさに矢のようなはやさで、川を下ったのだ。

結果的には歩いていくよりもずっとはやく港町、清川につき、そこから羽黒山をめざしてふたたび山道をのぼりはじめた。

それから羽黒山の門前町、手向《とうげ》で、風流からの紹介状《しょうかい》を出し、南谷の別院に宿をとることができた。

西村源三郎の話では、桃印《とういん》は、ここからさらに六里（二十四キロ）ほど山道をのぼった月山《がっさん》の、またさらに奥《おく》の渓谷《けいこく》あたりの小屋にひそんでいるらしい。

今から登ったら、どんな忍者《にんじゃ》の足でも、夜になるだろう。

尾花沢《おばなざわ》で体調をくずしていた芭蕉は、強行軍でさすがにくたびれたのか動けそうもなかった。

曽良《そら》も、お師匠《ししょう》のことが心配そうだ。

それでもわたしは、桃印のことが気になってしかたがなかったので、ひとりでのぼってみることにした。

「だったら、おれもいくよ」

康命《やすのぶ》が一度脱《ぬ》いだ脚絆《きゃはん》を足につけなおし、立ち上がった。

まだ足のねんざがどこまでなおってるかわからない。それが心配でつい、

「足手まといにならないでね」

というと、軽く頭をこづかれた。

すると源三郎もだまって立ち上がった。

「いってくださるのですか……」

「おまえらだけでは道がわかるまい」

源三郎は、道中ほとんど口をきかなかった。

ただ、けがの痛みもあったはずだけれど、グチも一切こぼさなかった。暗く沈んだ顔で、もくもくとわたしと康命《やすのぶ》のうしろを歩いていた。

道はますますけわしくなり、風が冷たくなってくる。

曽良《そら》に、ちゃんと着込んでいくようにいわれていなかったら、凍《こご》えてしまったかもしれない。

吐《は》く息も白かった。

月山《がっさん》はこの羽黒山の主峰で、夏の今も、山頂近くは雪が積もっていた。

ザクッ、ザクッ。

空に細い三日月が出ていた。

そのわずかな月明かりのなかで、雪の岩肌《いわはだ》が青白く光る。

やがて星空の下で、山の頂の近くにぽつんと数軒の小屋が黒く影《かげ》を落としているのが見えた。

「角兵衛小屋だ」

源三郎がぽつりといった。

この山頂でご来光をむかえるために、前の晩にきて泊《と》まるもののために用意されたものだそうだ。ここで朝日をむかえると極楽にいけるといわれて、信仰の対象になっているのだ。

桃印《とういん》はこの小屋からくだったさらに奥《おく》の湯殿山の隠《かく》れ家にいると、源三郎がいう。

「この先は、夜道は無理だ……」

「でも……」

「雪はこの冷気で凍《こお》っている。足を滑《すべ》らせたら極楽どころか地獄行きだぞ。鹿やキツネも歩けない」

「ということは、甲賀《こうが》の天狗《てんぐ》も夜は動けないってことだよ、嵐子《らんこ》。桃印がやつらに襲《おそ》われてたらもう間に合わない。でも、今、無事なら、明日の朝でも同じこと」

康命《やすのぶ》にいわれて、わたしはしぶしぶうなずいた。

「にぎりめしでもくえ」

康命が背中《せなか》のふろしきから、出してくれたにぎりめしは、でも、すっかり凍っていた。

すると源三郎が、横からいった。

「だったら、待ってろ。火をおこしてやる。焼きにぎりもうまいぞ」

小さないろりのまわりに、棒《ぼう》にさしたにぎりめしを並《なら》べて、少し焦《こ》げ目がついたものに醤油《しょうゆ》をぬっただけのものだったが、ほおっとためいきがでるぐらいにおいしかった。

それを横でみていた源三郎が、ふっと笑った。

「あ、笑った……」

「嵐子《らんこ》どの、といったな。おぬしが平泉《ひらいずみ》でいったことはまことか？」

城代《じょうだい》も城主も、銅山の不正には荷担《かたん》していないということ、もしそうであったら、家を断絶するとわたしは伝えたのだ。

「はい」

銅山の先物買いのために、年貢《ねんぐ》米を横流ししたことはたしかだけど、これは藩庁《はんちょう》にも通じていることだった。商人たちから賄賂《わいろ》を受け取っていたのは一部の役人たちだけだった。

「おやじは奉行《ぶぎょう》たちに頭が上がらず、悪事に荷担してしまったのだな……。昔から気が小さい男だったからな。それをおれは逆恨《さかうら》みして……。桃印《とういん》のいうとおりだった」

「えっ」

源三郎は、銅山の買い付けの際に城主と城代たちが、異常に高い利息で一部の商人たちあてに資金を借りる約定をした文書を手に入れた。だがその約定をとりつけるために、父親の上司たちが商人たちから賄賂《わいろ》を受け取っていたことを知っていたので、てっきり城代《じょうだい》たちも荷担《かたん》していると思いこんでいたのだ。

桃印《とういん》は、城代たちはそんな悪事を働くはずがないといいはったという。

けれども源三郎はそれが信じられなかった。

それで、幕府に真相を突き止めてもらおうと思ったのだという。

「ただいっておくが、伊達藩《だてはん》に文書を買えとおれがもちこんだのではない。むこうから話があったので、とりあえず会うだけ会おうと。それがこんなことになるとは……」

源三郎と桃印は幼なじみで、子どものころからよく遊んでいたそうだ。

それで桃印が、芭蕉《ばしょう》のお妾《めかけ》さんだったおていさんと駆《か》け落ちして、近江《おうみ》に逃《に》げてきたとき、藩を追われるようにして親類の道場に転がりこんでいた源三郎と再会した。

「それで、おていさんは？」

「よくは知らぬ。わかれたときいた」

「え、どうして……」

「たぶん病気のせいだろう。桃印《とういん》は肺《はい》を病《や》んでいる。あの病気はうつる。それで桃印は、おていと子どもたちのためを思って、ひとりで家出したのだ」

月山《がっさん》の奥《おく》の湯殿山の秘湯はからだによいというので、源三郎が桃印をつれてきたのだという。

「なるほど、影《かげ》みたいな男だな……。もっと日当たりのよい人生もあったはずなのに」

ずっとだまって、話を聞いていた康命《やすのぶ》がつぶやくようにいった。

句の世界で頭角を現し、一世を風靡《ふうび》した養父の芭蕉《ばしょう》のすぐ近くにいて、ひっそり生きていた桃印のことを考えると、わたしは哀《かな》しくて泣きたくなった。

月山の朝は早い。

「おきろよ。なにか妙《みょう》なんだ」

わたしは康命に揺《ゆ》り動かされて、目を覚まし、角兵衛小屋の外へ出た。

あたりは真っ白なもやがたちこめていた。木々の間を幽霊《ゆうれい》のように、そのもやの切れはしがただよっている。

そのとき、ぼうっと西のほうで、赤い人影がうごめいた。

「だ、だれだ！」

赤い影はゆらりと近づいたかと思うと、遠ざかり、また現れる。

まるで妖怪《ようかい》のようだ。まさか甲賀《こうが》の忍術《にんじゅつ》？　わたしはとっさにかまえて、影《かげ》にむかって縄《なわ》を打った。しかしなにも手応えがない。

と、ふいにあたりに笑い声がきこえた。

「ははは、お嬢《じょう》さん、それは妖怪《ようかい》なんかじゃないですよ」

ふりむくと、背中《せなか》にかごをしょったおばばが立っていた。

「えっ……」

「山神さまのいたずらじゃ。赤いのはお天道さまだから、安心をし。ほうらあそこ」

お天道さまなら東からのぼるはずでは？

と、思ったが、もやが少しずつうすれてくると、老婆《ろうば》がゆびさした東の空にまぎれもなく赤い夜明けの太陽がのぼりはじめていたのだ。

「月山《がっさん》の山神さまは、かわいい若い女の子が好きだから、からかったんだろうって。ははは」

おばばは、また笑った。

「おばあさまはいったい？」

「わしか、わしは、湯殿山のふもとにすむ山んばあだ」

「うそっ」

「そう、ごめんよ。うそもうそ、ただのきこりのばあさんだ。それはそうと、そっちは西村のだんなじゃないか」

「いかにも。おれの客はどうしてる？」

源三郎と、このばあさんは顔見知りのようだった。

「それが大変なんだよ。あの若い男はおといいきなり出ていっちまったんだ。なんでもへんなやつがうろついているのが気になるって」

甲賀《こうが》の天狗《てんぐ》が現れたのかもしれない。

わたしたちは、おばばにお礼をいって、その足で一気に湯殿山までおりていった。

たしかに急勾配《きゅうこうばい》の道で、ところどころまだ凍《こお》っていたので、夜歩いて足を滑《すべ》らせたら終わりだったろう。

桃印《とういん》の隠《かく》れ家は、湯殿山のふもとの温泉の近くの祠《ほこら》だった。

ふとんなどがくずれ、荒らされていたが、それとは対照的に鍋《なべ》や釜《かま》は片付いていた。

おそらく桃印が家を出た後、なにものかが襲《おそ》ったのだろう。

つかまっていなければ良いが……。

わたしたちは宿坊にもどると、芭蕉《ばしょう》たちは句会の真っ最中だった。

ちょうど京のほうから高貴なお坊様がおとずれていて、芭蕉がいるときききつけ、集まりをせがんだようだ。

芭蕉と曽良《そら》は、げんなりしながらもどってきたが、わたしたちの話を聞いて、自分も月山《がっさん》にのぼるといい出した。

「でも、桃印《とういん》はもう逃《に》げてしまったのですが」

康命《やすのぶ》にいわれても、芭蕉はめずらしく「のぼりたい。のぼらせてくれ」とせがんだ。

そこでしかたなく源三郎がその翌朝、芭蕉を連れてふたたびのぼっていった。

羽黒山のふもとでは、わたしと康命、曽良が手分けして、桃印のことを調べてみたが、手がかりはなにもなかった。

もっとも山伏《やまぶし》や天狗《てんぐ》のうわさもなかったので、桃印はなんとかまだ無事かもしれない。それがわずかな望みだった。

芭蕉は、その翌日、源三郎におぶさって山からもどってきた。

だがなにも見つからなかったようだ。

「お師匠《ししょう》さまはどうされてました？」

「桃印《とういん》の祠《ほこら》を見て、泣いておられたよ」

源三郎がそうおしえてくれた。


それから数日、わたしたちは羽黒山の周辺をとびまわり、桃印を探しつづけた。

だがなにも得るものがない。

もうこのまま、桃印は見つからないかもしれない。そう思い始めていたときだった。

宿坊にいるわたしを、僧侶《そうりょ》が客だと呼びにきた。

裏口にいってみると、こぎたないかっこうをした老婆《ろうば》だった。

「あ、あのときのやまんばあ……」

月山《がっさん》山頂で出会ったきこりのおばばだった。

「まだいたか、よかった。ほれ、これ手紙だ」

「手紙って、わたしに？」

「ああ、めんこい女の子がたずねてきたらわたしてくれろって。おれ、あの若い男にたのまれてたの、うっかりわすれてたんだよ、ほれ」

わたしてくれたのは、四文字のみの文だった。

象干翁待

「こ、これは？」

「お、いとしい男からの恋文か？」

おばばは、とまどうわたしを見て、一本しかない歯で笑った。

わたしは、いそいでお駄賃《だちん》をつつんで、礼をいうと、宿坊の廊下《ろうか》を走った。部屋にもどり、みなを呼び集めると、文を見せる。

「嵐子《らんこ》さまの手下からのつなぎですか？」

曽良《そら》にいわれて、わたしは首を横に振《ふ》った。

「桃印《とういん》どのからだそうです」

「なんと桃印が……？」

暗号に違《ちが》いないが、読めない。

伊達《だて》の城下町のときと同じだった。

わたしは、肩《かた》口からおもしろそうにのぞきこんでいる康命《やすのぶ》の鼻をぱっとつまんだ。

「な、なにするんだよ」

「康命《やすのぶ》さまは、これ解ける？」

「え、知らないなあ。こんなへんてこな文は、はじめてみたよ」

「はじめてって……だったら、仙台で、わたしにこんな文を書いてないのね」

「ああ、でなに？　象の干物かなにか？　翁《おきな》はじいさま……あ、じいさまが象のひものをくいたいって待っているとか？」

……だめだこりゃ。わたしはうめきながら、はっと気がついた。

「お師匠《ししょう》さま、甥《おい》の桃印《とういん》さまって、こんなキリッとした眉《まゆ》をしてますか？」

わたしは、指先を目の上にあててきいてみた。

「まあ、そうだな。眉はこい男だよ」

やっぱり……。では桃印は、仙台にもいたのだ。

「源三郎どの、桃印はこの羽黒山にいなかったかもしれませんね」

「なんと……」

おそらく叔父《おじ》であり、養父だった芭蕉《ばしょう》のことを案じて、わたしたちのそばにはりついてたのかもしれない。

影《かげ》の男……桃印《とういん》らしかった。きっとどこかで伊賀忍者《いがにんじゃ》の暗号を見たかしたのだろう。そう思って、わたしは自分のうかつさに気がついた。

考えてみれば、桃印も伊賀者なのである。どこかで忍術《にんじゅつ》のひとつやふたつは学んだことがあるかもしれない。

「桃印は伊賀の豪士《ごうし》の子だ。父親は忍者だよ」

芭蕉《ばしょう》がおしえてくれた。それをはやくいってよ……。

甲賀《こうが》の山伏《やまぶし》の襲撃《しゅうげき》を察知して、逃《に》げることができたのも、それならうなずける。

「なるほど。だとすると……これは象潟《きさかた》の干満珠寺《かんまんじゅじ》で、わたしを待つという意味だろう。わたしは前から景勝地の象潟にいってみたいといっていたことがあるんだよ」

芭蕉は、四文字の文を見ながら、押し出すようにいった。

しかし、それからわたしたちは、桃印の影を追って、象潟をおとずれたがそこでも会うことはできなかった。

ただ酒田に芭蕉の弟子の不玉のもとに桃印からの文がとどいていて、そこには、ふたたび

越出

こんどは二文字のみが残されていた。

越後《えちご》の出雲崎にむかうという意味だろうと、芭蕉《ばしょう》はいう。

出雲崎は、佐渡にむかう船が出る港だ。

佐渡には金山があって、この地で陸上げされたこともあって、大きく栄えた宿場町だった。

このどこに桃印《とういん》はいるのだろうか？

わたしたちが出雲崎に入ったのは、七月四日（いまの八月十八日）のことだった。

昼のうちはよく晴れていたが、夕方、宿場に入るころはどしゃぶりで、日本海は黒々と荒れていた。

芭蕉は、港に出て、波止場を歩きながら、船乗りたちになにやらきいていたが、

「少しもどるが寺泊《てらどまり》までいってみよう」

といい出した。

「桃印《とういん》の居場所がわかったんですかい？」

曽良《そら》がきくと、首を横に振《ふ》る。

「いや、ただ流人船は寺泊《てらどまり》から出るのだそうだ」

佐渡は、罪を犯したものたちが島流しで送られる流人の島でもあった。

金山を掘《ほ》っているのはそんな流人たちで、一度島に渡るとなかなか生きて帰ってこられない。

芭蕉は、そんな流人たちの哀《かな》しい思いに胸《むね》を打たれて、いつしかおとずれたいとつねづねいっていたらしい。

「あいつのことだ。もしかすると、かってに流人船に忍《しの》びこむかもしれない」

自分の犯した罪を考え、人知れずにこの世から消えてしまいたいと、桃印は願っているのだろうか……。

わたしたちはふたたび雨の中を走り出した。

夏には珍《めずら》しい嵐《あらし》の夜で、波は高く押し寄せ、波止場を洗っていた。

一そうの船が停泊《ていはく》していて、その舳先《へさき》にひとりの男が雨に打たれて立っていた。

「桃印……」

芭蕉《ばしょう》がつぶやくと、とつぜん走り出した。

波の中から、数人の男たちが波止場につぎつぎに飛び出してくるのと同時だった。

甲賀《こうが》の忍者《にんじゃ》たちだ。

わたしたちも一斉に走り出す。

康命《やすのぶ》も、源三郎も刀を抜《ぬ》き、甲賀の山伏《やまぶし》たちをつぎつぎに倒《たお》しながら、波止場の板の上を走って行く。

わたしと曽良《そら》は、船にとびのり、一回転して、山伏の背中《せなか》にけりをいれた。

敵が水しぶきをあげて海になげ出されるのをたしかめて、すぐに桃印《とういん》と芭蕉のほうへ目をやった。

芭蕉は、桃印をうしろにかばいながら、顔に切り傷《きず》のある甲賀《こうが》の頭目とむきあっていた。

頭目がむぞうさに重い錫杖《しゃくじょう》を打ち下ろしてきた。

うちのめされる！

そう思った瞬間《しゅんかん》だった。

芭蕉の杖《つえ》がぐいっとのび、錫杖をからめはじきとばすと、相手ののど笛をついた。

ただ一条の光が走っただけのようだった。

ぐわっと声をあげ、喉《のど》を押さえながら、波に落ちていく頭目。

勝負はあっけなくついた。

頭目を失った甲賀忍者《こうがにんじゃ》たちが浜辺を逃《に》げていく。

雨がきゅうに弱まり、黒い雲がいきおいよく遠ざかっていくのが見えた。

遠くで雷鳴《らいめい》がした。

「桃印《とういん》、ぶじか?」

ふりむいて、芭蕉《ばしょう》がやさしい声をかけた。

「叔父上《おじ》……」

号泣する桃印の声が、波間にひびきわたった。

荒海《あらうみ》や
佐渡によこたふ
天の河

芭蕉がのちに今回の旅のことをまとめた本「おくのほそ道」に残したこの句は、そのとき詠《よ》んだものだろうか？
荒海《あらうみ》と、星もまったく見えない黒い雲しかなかったはずだ。
けれども、芭蕉《ばしょう》の目には、はるか遠い佐渡に神々しく横たわる、
輝《かがや》く銀河が見えていたのかもしれない。

旅の終わり　ちょっと寄り道（金沢〜大《おお》垣《がき》）

蛤《はまぐり》の
ふたみにわかれ
行く秋ぞ

伊《い》賀《が》上《うえ》野《の》城を震《ふる》え上がらせた文書を桃《とう》印《いん》から受け取ったわたしは、その場で細かくちぎって越《えち》後《ご》の海に投げ捨《す》てた。

それが城《じょう》代《だい》の探《たん》丸《まる》さまからのいいつけだった。

桃印は、ふるさとの危《き》難《なん》をひとりで守り通したのだ。

それは信《しん》頼《らい》をうらぎった叔《お》父《じ》であり、養父の芭《ば》蕉《しょう》への罪《つみ》滅《ほろ》ぼしだったのかもしれない。

けれども肺《はい》を患《わずら》っていた桃印は、雨にうたれたせいで、さらに病気を悪化させてしまった。

手当てをしてくれた医師のみたてでは、この夏が越《こ》せるかどうかだそうだ。

そんなからだで、甲賀《こうが》の山伏《やまぶし》たちからよく逃《に》げ切れたものだと思う。

「それで、おていさんはいまどこに？」

曽良《そら》にきかれて、桃印《とういん》はちょっとまぶしそうな顔で、笑みを浮かべた。

「深川の芭蕉庵《ばしょうあん》ですよ。杉風《さんぷう》さんにお願いしてきたのです。今ごろ、親子四人で仲良く暮《く》らしながら、叔父《おじ》上の帰りを待っていることでしょう」

「なんだって？」

曽良が声を上げた。

芭蕉がこの旅に出るときに引き払った庵《いおり》の後始末を、弟子の杉風がひきうけていたのをわたしは知っている。その新しい住人が、芭蕉がずっと行方をさがしていたおていさんたちとは、杉風も人をくった男だ。

桃印も、杉風が、芭蕉のもっとも信頼《しんらい》する弟子だからこそできた芸当かもしれない。

だが、うれしいくせに、芭蕉は、

「そうか、おていは元気か？」

「はい、つれ子の次郎兵衛も、おまさもおふうも」

「おふう？　それは娘《むすめ》だな。おまえの子か」

「はい、もうしわけないです」

桃印《とういん》は、宿でしいてもらった布団の中でこたえた。

芭蕉《ばしょう》の妾《めかけ》だったおていと、駆《か》け落ちしてからできた子らしい。

桃印は、おていと、もとの亭主との子、次郎兵衛と、芭蕉の子おまさに、自分の子のおふうと一緒《いっしょ》にどんな旅をしてきたのかは語らなかった。

それでも自分の先がないとわかったとき、おていや家族のことを案じて、なんとか努力はしてみたらしい。

でも、結局、芭蕉の弟子を頼《たよ》るしかできなかったと小さく笑い、桃印は咳《せ》きこんだ。

「わたしはやっぱり、叔父上《おじ》のような漂泊《ひょうはく》の詩人としては生きられませんでした。いつも帰る場所、つまり安住の地を探していただけだったのです」

「うん。だが、もがきくるしむようなおまえの生き方も、それはそれで人生だとわたしは思うがな。そしてとうとうみつけたじゃないか、帰る場所を。江戸にもどって、おていや子どもたちのそばにいてやれ」

芭蕉はそういうと、優《やさ》しくふとんをたたいた。

「少し眠《ねむ》るといい。あとのことは曽良《そら》やわたしにまかせておけ」

わたしはその翌日、ひとりで郷里の伊賀《いが》をめざすつもりで、芭蕉《ばしょう》たちに別れをつげた。城代《じょうだい》さまたちも、家族も、わたしの帰りを首を長くして待っているに違《ちが》いなかった。

芭蕉と曽良《そら》は、金沢のほうにいる弟子たちに会う約束をしているので、そちらにまわってから岐阜にむかうそうだ。

そのあと、どこにいくかは考え中とのこと。

桃印《とういん》には、源三郎がつき、病状が安定したら江戸に連れ帰るという。

「それから、伊賀にもどり、城代さまのさばきを受けるつもりだ」

源三郎はわたしに頭を下げた。

「それがよいでしょう。わたしからも寛大な処置をおたのみしますから」

「いえ、おれのしたことは万死にあたる。切腹も覚悟しておる」

「ならば、そのおつもりで頑張《がんば》ってくださいね」

わたしはそういうと、芭蕉のほうをむいた。

「こんどのこと、ほんとうにありがとうございました。ところでひとつ、おききしてよろしいでしょうか？　芭蕉どのは、どこで忍術《にんじゅつ》を稽古《けいこ》されたのですか？」

甲賀《こうが》の頭目を一撃《げき》で倒《たお》した杖《つえ》さばきは、偶然《ぐうぜん》なんかではなかった。

あれは、伊賀《いが》の忍者《にんじゃ》の独特の打ち技のようにも思えたのだ。

「それは習ったというほどでもない。ただ病弱だった蝉吟《せんぎん》さまの体力づくりのお手伝いをしたまで」

芭蕉《ばしょう》がこたえるのをそばできいていた曽良《そら》が、声を出して笑った。

「嵐子《らんこ》さま、ついでにいいますと、蝉吟さまはあなたのおじいさまと同様に、お元気であれば幕府の隠密《おんみつ》の総帥《そうすい》に推されていたお方ですよ」

ということは、蝉吟は凄腕《すごうで》の忍者だったということになる。

「ところで忍者といえば、わたしの手下はいったいなにをしているのでしょう」

わたしがぼやくと、旅支度をしていた康命《やすのぶ》が顔を上げた。

「それなら今ごろは西のほうを旅しているはずだと、桃印《とういん》がもうしていたよ」

「はっ?」

「いや、桃印が日光で、権左《ごんざ》たち嵐子の手下に会ったとき、源三郎は西に逃《に》げたとだましたらしい。つきまとわれるのが嫌で嘘《うそ》をおしえたって」

「ったく、なにやってんだか?」

わたしは、はあとためいきをついた。

それを横目で見ながら、康命《やすのぶ》が刀をつかんだ。

「じゃあいこうか」

「いこうって?」

「伊賀《いが》まで、送っていくよ。どうせなら江戸に帰るまえに、一度、近江にあるわが領地の膳所《ぜぜ》をみておきたいし」

膳所藩《はん》のあとつぎの康命は、生まれも育ちも江戸で、まだ自分の本国にいったことがないという。

でも、未来の夫の康命と、ふたりっきりで旅をしたといったら、綺羅姫《きらひめ》がなんて思うだろう……。

それが心配だった。

こんどの旅で、あの姫とは心友になれた気がしていたからだ。

ただ、康命とはもうちょっとだけ一緒《いっしょ》にいたかった。

そのとき、芭蕉《ばしょう》が耳もとでおしえてくれた。

「今というときは、今しかないのだよ、嵐子《らんこ》さま。それを大切になさい。いずれ人はまた分かれ道にきて、いつかそれぞれの道を歩みはじめるものだからね。お別れに一句詠《よ》んでおこう。これ

「はこの旅日記のおわりにのっけるつもりでつくっておいたものだね」

蛤《はまぐり》の
ふたみにわかれ
行く秋ぞ

あとがき

那須田　淳

松尾芭蕉《まつおばしょう》の名前や俳句《はいく》を知らない日本人は、ほとんどいないでしょう。それってすごいことだと、あらためて思います。

五七五の短い文字のなかに、自分の感じたものを描《えが》き出す――俳句。

これは、もともと俳諧《はいかい》連歌、略して俳諧といわれるものですが、和歌の五七五七七のうち、発《ほっ》句《く》の五七五と、下の句の七七をそれぞれ別の人が詠《よ》む連歌という「遊び」から始まったといわれます。

みんなで集まって、他の人の詠んだものを鑑賞《かんしょう》し合う。この俳諧連歌は、身分の違《ちが》いを超《こ》えて楽しめることもあって、江戸時代には大人気の趣味《しゅみ》でした。

そうなると歌が良いできかどうか、ちゃんと判断してくれる先生みたいな人が必要になってきます。そこで、プロの俳諧師という職業が生まれました。

俳諧の「諧」は、おかしみみたいな意味がふくまれる言葉です。格調の高い和歌の味わいだけでなく、しゃれとか笑いの要素もいれたりして、みなそれぞれに楽しんでいたのでしょう。芭蕉《ばしょう》も、そんな俳諧師《はいかいし》のひとりとして江戸で暮《く》らしていましたが、五七五七七のうちの最初の五七五に注目して、発句《ほっく》をさらに洗練《せんれん》させて、芸術の域《いき》にまで高めていきました。それが、あとの時代につづく「俳句」の元となっていくわけです。

芭蕉が俳聖といわれるのもこのためです。

この芭蕉は、当時も人気の俳諧師としてもてはやされていて、これは、今でいうとタレント作家とか知的な芸能人みたいなものだったのでしょう。ただその一方で、私生活では、わりと謎《なぞ》が多い人でもありました。

俳諧師になるまで、下級武士として料理人をしたり、江戸に出てきたあとも水道工事の責任者みたいなことをしたりして、職業を転々としています。

また生まれが、今でいう三重県の伊賀上野《いがうえの》の郷士《ごうし》の出身であったこと。伊賀というと、みなさんもおなじみの忍者《にんじゃ》の里ですよね。

それに「おくのほそ道」は、総距離《そうきょり》二四〇〇キロに及ぶ旅でしたが、その間に一日六〇キロも歩いている日があります。平泉《ひらいずみ》から岩出山《いわでさん》にむかったときのことで、この物語にも出てきますが、いくら歩き慣れている昔の人でもさすがにふつうなら歩き通せません。

さらに芭蕉《ばしょう》は「おくのほそ道」以外にも、名所・旧蹟《きゅうせき》を訪《たず》ねて旅していますが、その旅費がどこから出ていたのか？　当時の旅は一生に一度行くかどうか、とても贅沢《ぜいたく》なものだったのです。それを何度もとなると、よほどのお金持ちということになりますが、芭蕉の暮《く》らしぶりは、わりと質素だったみたいなので、そこも不明です。

そして、なにより旅の同行者の河合曽良《かわいそら》が、のちに幕府の巡見使随員《じゅんけんしずいいん》として記録に名前を残していることから、芭蕉も同じく秘密の巡見使(隠密《おんみつ》あるいは忍者《にんじゃ》)だったのではと、空想の翼《つばさ》が広がっていくことになるのです。

このぼくの物語では、芭蕉は、自分の藩《はん》のお家騒動に巻き込まれながら、自分の養子、桃印《とういん》の行方を追って、隠密の曽良と一緒《いっしょ》に旅をするという設定にしました。

それに、旅の目的地のひとつ伊達《だて》藩のお家騒動などをからめた物語にして、旅の途中《とちゅう》で詠《よ》んだ芭蕉の俳句《はいく》を味わいながら、「おくのほそ道」を自分なりにたどってみたのです。

それが、この「おくのほそ道　永遠の旅人・芭蕉の隠密ひみつ旅」になりました。

ところで、芭蕉や曽良や、芭蕉の養子、桃印はもちろん、この物語に登場する伊賀上野《いがうえの》藩の姫、藤堂嵐子《とうどうらんこ》も、伊達藩の綺羅姫《きらひめ》も、その婚約者でのちに夫になる膳所《ぜぜ》藩の若殿本多康命《ほんだやすのぶ》も、歴史上に実在したといわれる人たちです。

歴史にはわかっていることもありますが、今の時代まで伝えられていないもののほうがむしろずっと多いです。ほんとうの彼らがどんなふうに生きたのかは、不明ですが、あれこれ想像するとわくわくしてきますよね。

みなさんも楽しんでくださったら、作者としてこの上ない喜びです。

ちなみに芭蕉《ばしょう》は、旅の途中、大阪で亡くなり、遺言で、康命の領地、膳所《ぜぜ》藩《はん》の義仲寺《ぎちゅうじ》、別名無名庵《あん》に祀《まつ》られます。五一歳でした。

旅に病んで
夢は枯野を
かけ廻《めぐ》る

病床で、最後に、これを詠《よ》んだそうです。

旅を愛した芭蕉らしい句だと思いませんか？

末筆になりますが、素敵《すてき》な挿画《そうが》を描いて下さった十々夜さん、それから、原稿が遅れてご迷惑をおかけ通しだった岩崎書店の島岡理恵子さんに、心よりお礼をもうしあげます。

◉参考文献

「図説 おくのほそ道」松尾芭蕉原文・山本健吉現代語訳・渡辺信夫図版監修 河出書房新社
「芭蕉二つの顔─俗人と俳聖と」田中善信 著 講談社学術文庫
「謎の旅人 曽良」村松友次 著 大修館書店
「奥の細道行脚『曾良日記』を読む」櫻井武次郎 著 岩波書店
「『曽良旅日記』を読む もうひとつの『おくのほそ道』」金森敦子 著 法政大学出版局
「蕉門曽良の足跡」今井邦治 著 信濃民友社
「奥の細道なぞふしぎ旅」山本鉱太郎 著 上下巻 新人物往来社

著者

那須田 淳（なすだ　じゅん）

1959年生まれ。早稲田大学卒業。著作に『ペーターという名のオオカミ』（小峰書店、産経児童出版文化賞、坪田譲治文学賞）、『星空ロック』（あすなろ書房／ポプラ文庫ピュアフル）など多数。翻訳に『ちいさなちいさな王様』（木本栄共訳・講談社）や画家・北見葉胡との「絵本・グリム童話」シリーズ（岩崎書店）など多数。95年よりドイツ・ベルリン市に在住。和光大学、共立女子短期大学非常勤講師。http://www.aokumaradio.com

画家

十々夜（ととや）

京都市在住。挿絵の作品に「アンティークFUGA」シリーズ、『井伊直虎』（岩崎書店）、「サッカー少女サミー」シリーズ（学研教育出版）、「妖怪道中三国志」シリーズ（あかね書房）、「XX・ホームズの探偵ノート」シリーズ（フレーベル館）などがある。http://www.ne.jp/asahi/skybox/totoya/

ストーリーで楽しむ日本の古典17

おくのほそ道　永遠の旅人・芭蕉の隠密ひみつ旅

2017年3月31日　第1刷発行
2020年3月15日　第2刷発行

著　者　那須田 淳
画　家　十々夜
装　丁　山田 武
発行者　岩崎弘明
発行所　株式会社 岩崎書店
〒112-0005東京都文京区水道1-9-2
電話　03-3812-9131（営業）　03-3813-5526（編集）　00170-5-96822（振替）
印刷所　三美印刷 株式会社
製本所　株式会社 若林製本工場

NDC913　ISBN978-4-265-05007-9

Published by IWASAKI Publishing Co.,Ltd.
Printed in Japan

ご意見、ご感想をお寄せ下さい。E-mail:info@iwasakishoten.co.jp
岩崎書店HP：http://www.iwasakishoten.co.jp
落丁、乱丁本はおとりかえいたします。